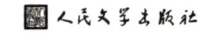

这都不叫事儿

王小柔·著

人民文学出版社

图书在版编目(CIP)数据

这都不叫事儿/王小柔著.—北京:人民文学出版社,2015
ISBN 978-7-02-010786-5

Ⅰ.①这… Ⅱ.①王… Ⅲ.①随笔—作品集—中国—当代 Ⅳ.①I267.1

中国版本图书馆 CIP 数据核字(2015)第 044277 号

责任编辑	陈彦瑾
装帧设计	李思安
责任印制	苏文强
出版发行	人民文学出版社
社　　址	北京市朝内大街 166 号
邮政编码	100705
网　　址	http://www.rw-cn.com
印　　刷	三河市鑫金马印装有限公司
经　　销	全国新华书店等
字　　数	150 千字
开　　本	890 毫米×1290 毫米　1/40
印　　张	6.8　插页 9
印　　数	6001—9000
版　　次	2015 年 8 月北京第 1 版
印　　次	2015 年 11 月第 2 次印刷
书　　号	978-7-02-010786-5
定　　价	25.00 元

如有印装质量问题,请与本社图书销售中心调换。电话:01065233595

Contents 目 录

自序　初心如故·001

 辑一　倍儿哏儿

猜火车·003
我们不要附加值·007
姐不是蒙娜丽莎·010
免费车闹的·013
活生生的韩剧·016
一桩心病·020
在胡同里乱撞·023
春天的礼物·027
送上门的大厨·031
就这么奔天涯·034

千里共婵娟·037

好久不见·040

朋友其实和为贵·043

肉都不脆了·047

老小孩和小小孩·049

求学路上的爱情首演·052

通讯录里的秘密·055

邻居是用来挑战智商的·058

去医院吃早点·061

南辕北辙的缘分·064

 辑二 不拾闲儿

一个拐弯开雨刷器的女司机·069

拿驾照需智商考试·072

"八卦"是块口香糖·076

够欠的·078

模拟人生·081

上瘾闹的·085

掌握火候很重要·088

上进未必是好事·092

勤学苦练出真功·095

在哪儿跌倒在哪儿耗着·098

坐上大灰机·102

只为这一世的相遇·106

你微博了吗·109

我记得你·112

为了书与人相遇·115

春节，回家吧·118

辞旧迎新的日子·121

猜闷儿解腻味·124

女人花·127

生日礼物·130

 辑三 打一晃儿

你高潮给谁看·135

丢东西也要看运气·138

还是忘年交靠谱·141

机会就是人际关系那瓣儿蒜·143

太会聊天儿了·147

习惯成自然·149

强悍到一定程度的友情·152

一本书的缘分·155

我们家的一年级·158

饱带干粮热带衣·161

家家都有小超市·164

三姨的年关·167

团购有时就是起哄·170

耗子也是宠物·174

唱歌是用来练胆儿的·177

在时光里套圈儿·180

情感的杀伤力·183

难题求解·187

科技下乡不容易·190

 嘛玩意儿

一群没有故事的女同学·195

娱乐盛宴·202

婚礼就是守株待兔·205

潜规则适应症·207

线绳没弹性·210

自信的力量·212

澡堂子那点事儿·215

每个人都有怪癖·218

纯爱像蹭一脸的雪花膏·221

动物园里的高级酒店·224

花钱是个大爱好·228

婚姻就是口老锅·231

科学成为脑筋急转弯·234

拿病当玩儿·237

收银机是貔貅·240

别总动手·243

养母难当·246

吃货需要练手·250

那一场纯玩的风花雪月·253

跋　喝一口甜水儿·265

初心如故

人抵制心灵鸡汤也需要靠意志力,因为每天都有那么多过滤后的人间智慧扑入你的眼,人家怎么能说得那么对呢!在点石成金的文字对面,我们的人生委曲求全,大脑中对号入座的习惯总是把自己放在被救赎的位置上反思,然后对着心灵鸡汤的若干句子点头称是。

就像看一场魔术秀,大铡刀进去把人切了三段儿,可是箱子一转,瞬间铡刀还是铡刀,活人还是活人。我们一边惊讶于表演者是如何做到的,一边傻了吧唧地鼓掌。常常觉得,心灵鸡汤犹如这样的障眼法,它长盛不衰的原因是我们都成为了托儿。而人生,怎么会给你那么多时间去准备道具?走弯路、遇伤害、受委屈、求不得等等苦,都是必然经历,"不好的"就像个调皮的孩子藏在门后,突如其来蹦出来吓你一跳,如果你反应强烈,它会因为小伎俩得逞了而捂嘴笑,如果你处乱不惊地走过,它就觉得无趣不再来吓唬你。

我们像赶路一样过日子,雾霾太大,遮盖了风景。当我翻开那本《如愿》,若干年前的生活一段一段,如同剪开收拾好的带鱼,摆在盘子里,有些腥气。可是这样的气息是新鲜的,让我一下就能从失忆的状态回来,想起很多年前活色生香热气腾腾的日子。

"心欢喜,能自在"是封面上的一行特别不起眼的字,到现在,我依然热爱它们。

我常常在想,这些年我们到底有什么变化呢?那些"打算一起干点什么"的话还放在原处,彼此依旧扒在自己生活的小窗口看着外面,一边羡慕别人一边自我安慰。搁以前,我是不喜欢按部就班的,那种展望就能看到的日子是没有趣味的。可是现在,我喜欢上了这不变中的宁静,内心的安然不被打扰,才是一种福气。生活还是尽量简单地过着,但丝毫不耽误"心欢喜,人自在"的惬意。

内心与外界依旧对抗。当我跑到南半球去看碧海蓝天,开着车在绵延的牧场和海边行驶,那些令人惊艳的,以前只出现在摄影杂志上的作品活生生地迎面撞过来,以至于我的心里都装不下了,漫出眼眶,美是能让人落泪的。当这样的日子过了半个月左右,掏出手机看日历数天数的频率开始增加,因为胃觉的记忆比内心强大,我想回家吃饭,哪怕是自己煮的一锅烂面条;我想睡在自己的硬板床上，太软的席梦思让夜晚像个陷阱；我想找人说话，说我熟悉的方言，不想做安静风景里的一棵树……

风景的美能解决所有问题吗？不能。心是太难被说服的东西。

人们依然热爱着微信，不停地转发闲七杂八和卖货小广告，能够坚持发并坚持看这些的，都挺让人敬佩的。我一般会从通讯录中把他们的名字找出，轻轻蹭一下"不看他的朋友圈"，整个世界安静了。所以，我的微信里总是那么冷清。把微信的时间节省出来看书。

好歹"看书"算是个体面的爱好，而刷朋友圈儿，也就是个玩儿。书的内容多少你能记住一些，可是微信那东西，你醒来刷，睡前刷，比打卡都勤，到底记住了什么呢？我记得以前看过一个人到中年时应该如何做减法的原则，至今还能背出一些：

1. 把时间分给靠谱的人和事儿。

2. 既然把一本好书翻开了，就一定要把它读完。

3. 缩小你的交往范围。

4. 能花钱的时候一定花钱，这样可以节省时间。

5. 与跟你生命有关的人耗着，放弃那些与自己生命无关的人。

6. 多想想什么是自己想要的生活，想不透，就继续想。

7. 尽量每天和家人一起吃饭。

8. 超过五个人的饭局就尽量少参加。

9. 与人交谈，与人为善。

10. 有些事情可以拖一拖,没必要那么急,事缓则圆。

11. 不要借口没时间而不去欣赏一部电影。

12. 形成自己的规律、原则、标准、善恶,并让别人了解。

13. 尽量减少与性格孤僻、心态扭曲的人接触。

14. 被利用的次数不宜太多,要学会给自己减负。

15. 把工作分出去,不要认为自己比别人就一定会做得好。

16. 即便你很出色,也应该让周围的人有机会跟你一起成长。

17. 杜绝事必躬亲,学会抓大放小。

18. 自恋和爱惜自己从来都不是一回事儿,学会选择后者。

19. 减少上网时间。

20. 只要"大自然"这个词还存在,就应该找一切时间去亲近它。

不知不觉人到中年,守着家人,哪儿都是故乡。常常几个朋友小聚,偶然拿起相机旅行,人生的美味就在这些无恙中得以安康。

我依然喜欢那些藏在时光缝隙里的故事,它们就像小花,倔强而骄傲地开着,一季又一季。不炫耀苦难。谁没有苦难呢?不羡慕幸福。谁不在幸福里呢?我们把这些夹在书里收藏起来吧,当个书签,就别在某年某月某一天,等你再想起来,还会看见干枯之美。我把热气腾腾日子里的活色生香写下,让它成为永久的文字,哪怕一百年后,图书管理员依然能找到今天笑着讲起的故事。

把笑容留下,就足够了。像我第一次跟你讲起这些。

倍儿哏儿

我特别喜欢乘坐公共交通，因为那里面跟个小剧场似的。演员们还都大嗓门，家里家外的事一点都不避讳。有一次带北京一朋友坐汽车，一个大娘跟旁边人说："我最近，哎，肚子不得劲儿，我得去查查妇科儿。别得癌（nai 二声）。"隔了几个座，一对新婚宴尔的小青年在互相做思想工作，女的说："我不愿意让别人看见我爷们儿那么没素质，人家服务员还没怎么地呢，你上去就卷街（说脏话的意思）。"男的说："我没空儿跟那熬鳔（耽误时间的意思），服务差我就得出来拔创（天津方言，指替别人打抱不平）。"俩人平心静气也不着急，跟乒乓球比赛之前的热身赛似的，一拍一拍你来我往。弄得周边的人都知道他们俩这几天都干吗去了。

生活，很有趣。翻译成方言就是："我们的日子，倍儿哏儿。"

猜火车

破天荒买了张城际列车一等座的票。椅子宽了,还有垫脚板儿。我把身体使劲向后仰了仰,头等座,必须做出一副不等同于二等座的舒服来,多了十块钱呢!

三分钟后,车停了。启动后,一段时间又停了。再启动,再停。往下张望,发现我们在一座高架桥上不动了,很深的下面是高速公路。忽然有乘务员跑来跑去挨个厕所拉开门,他们互相询问:"有人吗?""没人。"

又过了半个小时左右,车厢内的照明全部关闭,空调的嗡嗡声也停了。喇叭里的女声磕磕巴巴地模仿着志玲姐姐,告诉大家:"不要紧张,请看好自己的行李,照顾好老人孩子。列车暂时断电,正在抢修。"

我怕回家晚了赶紧给家里打个电话,土土接的,我说:"我在火车上,但这个火车开着开着没电了。大概电瓶得充点儿电才能开回天津。"土土问:"是因为昨天大灯没关吗?"我说:"大概有人彻夜听半导体了吧。"我后面的半截车厢在我的电话声中爆笑。我确实没有开火车的经验,都是汽车思维,满脑子想的就是再来辆火车,屁股对屁股把彼此电瓶一夹,立刻就来电了。下去点儿人使劲推也差不多能把车带起来,就是不知道推火车得需要多少人,力气使得不均匀再把车厢给捆铁道下边去。

可是,空调停了,密闭的车厢氧气不够用。每个人开始冒汗。一小时,我们在彼此的二氧化碳里同呼吸共命运。车厢里的人随着停滞时间的增加激动起来。"你们赔我时间。""车里总得有备用线路吧。你们没预案吗?"

在车门处人越聚越多,要求列车员必须打开车门,否则就砸窗户求生。又一个小时过去了。

天黑了。只有手机屏幕的荧光成了唯一光源。

有人大喊:"我要上厕所,你们为什么不给提供电棒儿?"

还有人喊:"我太热了,我要脱衣服了!"

而此时,我的手机耗尽了最后一点电,绝望地转着小圆圈自己关机了。我面前的一本《高铁乘车安全指南》显得特别可笑。

一侧车门终于被手动打开了,大家可以轮流站在缝隙处呼吸点氧气。我后面的一个大哥忽然大叫:"我快不行了。我需要人工呼吸,快叫个姐姐来!"旁边的人踹他:"你就别紧喝水了。姐姐们都快被打了。"

两个半小时后,所有人浑身都湿透了。我开始庆幸自己坐的是头等座,乘客起码不那么密集。我旁边的小伙子一直在念叨:"火车去哪儿了?"我真怕他把火车给念叨没了。有人打了110,问对方我们是该选择憋死自己还是选择砸玻璃自救。

列车员挨个车厢跑着问:"有大夫吗?有乘客突发急病。"

列车员跑过去之后,车厢里一位大哥站起来问:"列车员,车上有说相声的吗?我们需要缓解压力。"

不停有人在打电话、在彼此说话。或者这是在黑暗中唯一的安慰。

"你赶紧也晕一个,一车厢就你长得像低血糖的。"

"兄弟,我要是出了什么事,给你嫂子找个好主儿……行,我放心了,你够意思!"

"我刚给村里打了个电话,让他们赶牛车接我来。"

"咱集体去餐车吧。只给热水,咱又不洗澡,已经热得快虚脱了,还给热水!"

有避险经验的人,认为上面都是脑袋,呼吸一定空气稀薄,所以蹲座位与座位的空当，把头使劲往下埋，说这样可以呼吸到氧气。我估计闻见的都臭脚丫子味儿。

三个小时过去了。突然灯亮了，大家被这来得极其突然的亮光吓住了，瞬间的安静之后掌声雷动。有光就有希望。聚集在车门处的人纷纷回到自己的座位。等待。可是十分钟过去，依然没有空调。车也没动。

大家问列车员为什么有电，却没有空调，列车员说动车的空调系统不像家里的空调一按开关就送冷风，这有启动程序得需要一定的时间。一大哥反驳："你把启动程序设置三万个密码，挨个输密码得到明天早晨。开个空调弄那么复杂程序干吗？"

车动了，应该下午出发的车改夜车了。不知道时速，不知道时间，不知道车外温度，车厢里的电子显示器也发生了故障。我们在黑夜中回到了自己的城市。后面的大哥说："我得在车里点根儿烟再走，反正停了咱也不怕了。"说完，笑着下车了。

很多人在车外跟自己的车厢合影，大概为庆祝劫后余生吧。

我们不要附加值

最近打开朋友圈就跟挑起超市塑料大门帘子似的,从酱货到首饰门类齐全,小商小贩来自你的朋友以及你朋友的朋友,满屏都是推销员,就跟喜欢逛商场一样。我一点都不反感五花八门的商品,就是觉得银行卡里的钱不够用的。

我的一位姐们儿也不知道打哪儿找来一群五湖四海的朋友,之前跟她认识那么多年也没听她说过外国有认识人,但自从一门心思要为人民服务,好像地球仪上多犄角旮旯的国家她都能找几个熟人帮她进货。如今连摆地摊儿的人都说自己在创业了,何况在网上卖东西的,我觉得他们都有一颗要去纽约上市的心。

我很喜欢看她刷屏,那速度可比电视购物快多了,什么都讲究秒杀,一错眼珠的工夫,您要的款式已经没了。在这种过这村没这店的召唤下，我特别勤奋地把所有图片挨个打开，就想看看外国的东西有嘛好的。姐们儿做买卖特别到位，不但给打折还亲力亲为地送货上门，看她那热情简直是恨不能你当街就把衣服换上，诚心诚意的炙热目光让我立刻把鞋脱了，直接把脚丫子塞进从美国带来的耐克鞋里，那个舒服啊，又轻便又松快。而且我身边一个比我小两号的脚进去一试，也能健步如飞。人家的鞋怎么做得跟袜子似的，不挑脚呢？

致力于海淘的姐们儿白天过中国时间，该上班上班；晚上过外国时间，全天候没时差。把她那些散落在世界各地的线人支得团团转，嘛"合适"进嘛，她甚至自己要先试用那些东西，然后去各大商场比价。忽然有一天，她特别兴奋地告诉我，我买的那几件老头衫赚了，因为同样款式在咱这儿的大商场衣架上挂着，标价一千多，我才花了不到二百块钱。说实话，我还真没穿过一千多的老头衫，接到这个消息以后，我陡然兴奋，大热天居然穿着那胸口飘荡着美国国旗的老头衫四天没洗。

每当我买完一件东西，我那姐们儿就会赞叹地说："你买的那个值啊！"就更加激励我靠着手机花钱了。

在微信里靠口口相传做买卖的人很多，我更喜欢这种朋友式的交流。花钱花得心甘情愿。在忽悠已经变成营销学经典案例的年代，不编故事卖东西的人是多么难能可贵。

在市场上樱桃才几块钱一斤的时候,微信里的樱桃六十八块钱一斤,我点开页面看了,同样是樱桃,人家那个凸显着文艺情怀,有貌美的女买手亲临樱桃园抚摸果实微笑的照片,有种植户喜笑颜开将樱桃捧在胸前的照片,有成片果树的照片,有洗好了拿佳能相机拍的近景照片,当然了,文字部分就更为生动,告诉你人家这片樱桃是怎么长出来的,是多么辛苦,多么绿色,给口气儿一吹任何农药残留都没有,如果到你嘴里是多么的好吃等等。说得你当时就得咽唾沫。这么精挑细选的樱桃卖六十八元一斤贵吗?太便宜了,六百八十元一斤都不够辛苦钱的。

可是你买吗?反正我不买。因为我吃的是水果,我不吃故事。

就像烟草大王褚时健的"褚橙"、IT大佬柳传志的"柳桃"、地产大腕潘石屹的"潘苹果",我一点儿也不觉得那东西比农民辛苦种的果实高贵多少,营养能增长多少。名人代言的水果也许好吃,但我的生活品质更愿意接近质朴的土地。

我们花钱喜欢用"值不值",是否"合适"来衡量,再见了,那些忽悠人的故事,把你的手挪开,我们不要附加值。

姐不是蒙娜丽莎

我特别容易犯困。大多数时候,脑子不转悠但眼还睁着,表示自己意识还算清醒。记得有一次我感冒,嗓子吭唧吭唧地说不出整话,我早早吃了感冒药。可谁知道,那几粒东西下肚,跟迷魂药似的,我这脑子里就俩字:闭眼。而且药劲儿撞头得很突然,我正开着车呢。这一路,我一手抓着方向盘,腾出一手,自己扒自己眼皮。可实际上,引蛇出洞这招根本不管用,眼珠自然就要往上翻。

我就盼着红灯,停了车能闭会儿眼。每次都是后面的车狂按喇叭我才能吓一激灵,把车挪开。所以,新闻里说有个人在高速公路东撞西撞还能睡得特踏实,我很理解他,不定吃错什么药了呢。我好歹把车停马路边开始呼呼大睡,自己把自己锁车里心一横,爱贴条贴条去,反正一小时之内我是清醒不了了。

我都不知道在什么神志清醒的时候给一个朋友拨了电话，两口子以为我出了车祸，他们从来不盼我有点好儿。我那情同手足的姐们儿把我车的玻璃都快砸碎了，在外面跟哄孩子似的咧着嘴边笑边说："来，给姐笑一个！"我生平最烦睡得好好的，把我叫醒的人。于是便没好脸地喊着："姐不是蒙娜丽莎，不会逮谁跟谁都微笑。"她男人倒是貌似好人般问了问我身体情况，当得知我内伤外伤都没受，轻轻摇晃着手里的一张破纸："别的女的外面睡觉都挣钱，你看看你，还罚二百，这要给拉别处睡，还不得小一千。"我盹儿立刻醒了。我想起哲人的名言：不怕喝敌敌畏，就怕开盖有"惊喜畅享再来一瓶"。

我一个同学，有一次为了给我送行，连夜赶来，人家真的是旅途劳顿，我凌晨上船，跟她挥手致意。听说她实在太困了，居然一个人抱着膝盖坐马路牙子上睡到太阳出来，幸亏没遇见流氓，哪个女的能困成这样啊，跟被谁下了药一样。

我困到极处一般表现是话少，要是非说话不可的场合就表现得烦躁，或者语无伦次满嘴胡天儿，上句跟下句几乎毫无关系而且舌头拌蒜，表达起来磕磕巴巴，多真诚也像在瞎编。

昨天我困的频率跟另一个朋友赶一块儿了。留一半清醒留一半醉，是为了识别回家的道儿。那朋友感冒，路上一直哈欠连天地说得到药店买感冒药。我斜靠着车门，懒得说话，我觉得我呼吸都均匀了。到了个药店,我在车上等。不大工夫,被蹭车的哥们儿一会儿回来了说:"你那姐们儿在买脚气水,我不好意思站边儿上等了。"我脑子迟钝地思考着,感冒还得外用药?一会儿,那姐们儿还真举脚气药回来了,最离奇的居然还是套装,我从来没见过这么隆重的脚气药。她挥了挥,跟我说:"困死我了,得赶紧吃药睡觉。"然后昏睡不醒。

  困,太可怕了。严重影响大脑思维,一点不比喝大酒劲儿小。

免费车闹的

老年人坐汽车可以不买票,我觉得这政策的出台透着一股体贴劲儿。以前我们门口老头老太太为了蹭超市的免费车,早早就得站马路边等着,现在好了,哪儿都拦不住了,幸亏火车飞机什么的不让随便坐。据说一个朋友的爹地早晨打沈阳道附近批发了点石头珠子,雇人串完,坐车下午到塘沽那地方,大手绢往地上一摊,一天能赚五百块钱。他爹地本来就是玩玩,一看日进斗金这意思,愣把创业激情给勾出来了,天天坐着免费车转悠,说要靠卖手链当企业家。

我妈,从来觉得占国家一点便宜都心有戚戚,这回也想开了,早出晚归,心都玩散了。我们家要有鹦鹉估计都能学会那句常用语:"没事儿,我坐车,反正不花钱。"一两站地,几个老伙伴能倒好几次车。我挺喜欢在车里看见他们叽叽喳喳笑逐颜开的样子，从心里往外那么开心，省几块车钱居然能这么美。

可司机不这么想，内向的也就耷拉着脸，外向的已经数落开了，不是嫌老年人动作慢就是怀疑乘车证的真假。一位阿姨说，她实在受不了司机的态度，干脆敬老卡不用了，又不是花不起这几块钱，受一辈子尊敬，干吗坐个车遭白眼呢。

有一回我陪我妈坐车，我妈那身形，跟练了一辈子形意拳似的，追车、上车，中途没有停顿的动作，我呼哧带喘地跟着。因为上车的就我们娘俩，所以很快落座后车就开了。我妈咪还臭美呢，说平时不锻炼怎么怎么不好，那边司机已经数落上了：说了两站地还没完呢。开始我们没意识到那是说我娘亲，还嘻嘻哈哈。后来细一听不对啊，就差没念身份证号了。他嫌我妈咪太麻利，把他给惊着了。话里话外翻译成婉约的意思就是，这么大岁数上车那么快，也不扶着点，要摔了算谁的。

当然，他的原话里包含许多天津方言和口头语。这话吧，要不知道是寒碜自己的也能置身事外，可我妈咪懂话啊，这么大岁数受得了那个吗？她一再跟我确认："司机是点我呢吗？你再给听听。"这话，让我意识到，老太太的斗志给点燃了，她不想错伤无辜才让我给落实一下。而我脑子里展现的是事情的发展，我妈咪武功再高强，也不能让老夫人直接跑到两军阵前啊，我得上。可我还真想不出息事宁人的话，我上去就是挑事儿的，司机嘟啵好几站地了，我们都没吱个声，忽然听明白怎么回事跑前面叫阵，他一准儿急啊。我倒不怕动手和骂街，真打起来他未必是老太太的个儿，深藏不露的武林高手多着呢，他们晨练的小树林里一招呼就能来一批，反正坐汽车也不花钱。可那么多乘客呢，咱不能耽误别人。

我妈咪又拿胳膊肘顶我，她这就要上去了。我一把拉住她。"算了，他说话难听点，也为咱好，我去道个歉得了。"我妈咪说，难听点儿跟真难听差一大截子呢。我说："你要露了你的武功，回头司机都不让你上车了。你虽然能把我推一跟头，但你翻筋斗云的功夫还不会，你想去哪儿，得扒汽车顶子，万一过个桥有限高，给挂半道儿怎么办？"我娘亲白了我一眼："你这孩子怎么这么不着调呢，整天写贫里贫气的文章，就知道逗乐子，你也正经写本书？"

咣当车一停，可算到站了。免费车，有的时候还真闹心。

活生生的韩剧

这大热天的,虽然有空调车,但我妈外出云游的时间明显缩短了,一般下午她就坐沙发里看电视,一边看一边点评,平均每换一个台说一句:"这谁编的,还真有人给拍。你倒是写个韩剧啊!"在我妈心里,中国电视剧之所以这么烂,是因为我这样的人没给搭把手儿。

我妈最爱看韩剧,百八十集那种她都觉得导演太低调,要能一播就来个成千上万集那才是观众的呼声。可电视台不跟咱一心,放的都是国产搞对象的。刚刚看了几眼某台播的《媳妇的美好时代》,海清好几集都穿着同一条裙子,脖子落枕似的,无论屋里屋外全怕受风,一条黑围脖跟上吊绳子一样永远缠在咽喉处;再看所有演员那一惊一乍的表情,太入戏了,不用拿桃木剑,鬼都得惊着。

我妈看韩剧很投入，你给她杯水，她要渴极了连看都不看，拿手摸，生怕错过一眼。我给她买的盘，她一点都不领情，说中间连个广告都没有，想上个厕所都不行，就跟DVD没有暂停功能一样。有一次我把水果盘子放地上催她快吃，再看这老太太，余光肯定是扫到果盘了，愣拿脚钩，真把自己当灵长类了。

有位开川菜馆的兽医，平时掌勺，业余给吃不合适的动物开方子，他永远面无表情，特别不会说话，什么别人不爱听他准说什么，你要希望他别做一件事，算提醒他了，兽医一准儿当你面给办了。可就是这么个人非常喜欢看韩剧。

兽医的老婆特别贤淑，上班挣钱下班做饭，默默无闻鞠躬尽瘁，真跟这辈子是来赎罪的似的。有一天，她在厨房吭哧吭哧煎炒烹炸大汗淋漓，进屋喝口水的工夫，看见兽医盘腿坐在床上，抱着一盒纸巾，一把鼻涕一把泪。这么多年过日子，都没见他这么动真情。老婆赶紧跑过来问怎么了，兽医擤了把鼻涕："雅丽英太你妈妈苦了，怎么命这么苦啊？"一说，更伤心了，抽搭上了。老婆吓坏了，这什么亲戚呀？兽医拿下巴指指电视："人鱼小姐，介你妈妈真苦。"他老婆这个气啊，拍着纸巾盒说："你瞅瞅我，你屋里就一人鱼小姐，我觉得我比她苦多了！"这句话明显打破了兽医营造的悲伤气氛:"走!干你活儿去!雅丽英啊,你怎么这么难呢?"还哭没完了。知道的是看韩剧,不知道的以为这家有人寻短见了呢。

据说有一年的冬天,刚下完雪,两口子说去姥姥家吃饭,因为不远,兽医的内人穿着棉睡衣就出门了,到车上把手里抓的手机钥匙往座位上一扔,下去把车后座的玻璃刮刮。她手还没抬起来呢,兽医一脚油,车就给开走了。他老婆头发凌乱,穿个睡衣,光脚趿拉着鞋,拿块成了条的破抹布一边挥舞一边跳脚,喊得110都快来了。可她老公的车连刹车都不踩一下,直接四挡就没影了。

因为住的是别墅区,都是独门独院,跟其他人本就没有来往,绝不能这副打扮去敲别人家门。要说卖火柴的姑娘好歹还有火柴呢,她衣衫单薄,空着俩手,有家进不去,有亲人还联系不了。这口怨气给憋的,要不是怕冻死,就直接坐马路牙子上了。

可这时候兽医满脑子是韩剧情节,想的都是电视里别人老婆的委屈,他还挺闷闷不乐。这一路开,他就想:这女的每次一上车就唧啵唧唧啵唧吵吵没完,今天还真不错,终于内向了。到了楼门口,他把车停好,歪头跟后面说:"你妈妈赶紧下吧。"还没动静。他一回头,后座上只有手机和门钥匙,兽医心中立刻闪现三个字：闹鬼了？吓得他直冒冷汗。

赶紧掉头往回开。开了多一半了，看见他老婆在便道上穿着睡衣光着脚正在雪里走呢，边走边哭。兽医想，介你妈妈简直就是拍韩剧呢！

一桩心病

以前结婚很少有人会考虑房子的问题,因为房子这种大件儿都归单位分,跟农村的宅基地似的,你成家就有你一份。在我的记忆里,我们搬了几次家,都是因为父母的工龄到了一定的条件,从伙单奔独单,最后到偏单。那会儿房子就这么几个类型,没什么几室几厅,无论多小的空间,墙一隔,这就算一间屋了。几口人凑在小房子里一待几十年常有的事儿。

但从来没觉得那会儿房子小,因为根本脑子里就没有大的概念,八十年代谁家都是这么生活。我们家的门从来不锁,虽然钥匙都挂在孩子的脖子上,我和弟弟每天放学先进邻居家,人家饭熟了,就跟着吃,要是爹妈回来晚了,干脆就上人家床睡了;如果父母回来得早,最多看看我们写的作业也就上床睡觉了。那时候父母都忙,我们的伙伴埋伏在楼前楼后,经常一嗓子，喊出好多人，甭管认识不认识马上人来疯。你们家我们家到处串，很有点地震那会儿临建棚的感觉。

到了九十年代，忽然有商品房了，我们都不怎么适应，一直白给的东西猛地你得自己花钱了，脑子还有点转不过来弯呢。可是孩子大了就得有自己的私人空间，到了结婚年龄得成家了，单位不分房，总得自己想办法解决。房价从几百到一千，再到两千，那些不停刷新的四位数看得人心颤。父母资助点，自己贷点款，房子算是有了，脑子里也没有背二十年的债是啥概念。过一天算一天的日子先推着走，至少咱住上有物业有小区的居民区了。

又过了十年以后，高层来了，别墅来了，洋房来了，别说客厅了，厕所每户都有俩。小区里有保安，楼下就是园林，小河石头子灌木丛什么的一样不缺，家家有车位，户户好几层防盗门，上楼有电梯，谁按门铃直接看摄像头就行。先甭管挣多少钱，至少咱这地方生活水平跟国际接上轨了，这是搁以前做梦都想不出来的。不就是房价贵点儿吗，只要你有能力出手，你就是百万元户，书上说了，只有富人才背一身债呢。房子面积放那儿，一百平米都算小的，甭管你的钱是找银行赊的还是花得已经毛干爪净，只要趸房子你就是一中产。

我有一个朋友前一段时间就中产了，他前脚中产后脚房子就开始降价，这月月两口子还得猛往银行送钱，生怕晚一天再被罚，那可都是高利贷啊。上个月的账单我看了，六千多的贷款里属于还本金的部分也就一千多，其他全是白给人家银行的。后来男的说，咱还是提前还点吧，减少每月的贷款压力。女的把十几万的家底儿全端出来了，俩人捧着自己孩子似的，往银行送，就跟把童男童女往老龙王嘴里喂似的，知道有去无回，能让咱以后日子松快点也行。可孩子人家是吃了，每月的钱不能少，给抹个二三百的零头儿就不错了。俩人这个后悔啊，还不如拿着十几万接着存银行拿利息呢。

都嚷嚷金融危机，咱买不起的都降了，总得花钱的地方一点没见动，先不说蛋菜粮油，就拿这汽车来说，养路费不要了，可五十五的通行费还得交，想加油，咱这加油站价目表上的数还坚挺着呢，我就绷着，不跟股市似的，你下楼走楼梯，我直接坐电梯，比往下，快着呢。

深刻感受三十年来住宅变化的两口子，住着花园洋房，假老外似的，前些日子要把狗给我，说养不起，俩人整天哭穷就差把小区里草根挖出来吃了。我虽然不懂经济，但也懂得触底反弹的道理，也许这个底需要我们扛一段时间，随大溜儿吧，你没看任何大灾难一来，电视里总放"阳光总在风雨后"，咱得自己常唱唱，要不，能怎么办呢。

在胡同里乱撞

人生真不是一条笔直大道,更多时候如同一片胡同,从这头到那头要经过很多岔口,有的时候看着挺宽的道,走着走着再抬头就是墙,或者别人家院子。都不用设八卦阵,自己就能把自己给绕迷糊了。

毕业的五年后,我按手头有的电话拨过一轮,所有人都已经换了工作地点,甚至换了工作性质,干着与专业八竿子打不着的行当。我们经常为那些上学所浪费的时光唏嘘不已,求学就跟混日子似的,到岁数给你放出来自己谋生,而所学几乎跟现实应用是脱节的,我们不得不为生存再次重新开始。

其实在将要出校门之前心里是没底的,根本不知道自己会干什么能干什么,所以本着广撒网的原则到处应聘。在分配计划还没出来的时候,我们所有人的眼神都是黯淡忧伤的,没有家庭背景,谁知道被扒拉到哪儿去啊。当年,我一个好朋友的父亲在安排好自己闺女的工作后,把我介绍到一家电脑公司,因为他认为IT业是未来发展大方向。我那会儿,根本不懂什么叫IT。迷迷瞪瞪就去了,后来才知道那公司就是一个卖电脑的,前台抽屉里还放着一堆盗版软件,当年这种软件特别风行,全都一鞋盒子一鞋盒子地摆着。

公司的经理是下海的大学老师,每天给我的任务是剪报纸,还挺追求文化修养的,问要什么内容,人家说:"你觉得有用的剪下来就行。"我每天抱着一大堆买来的杂七杂八的报纸,跟个退休大爷似的,找个地方一坐,手里一把剪子,从早晨磨蹭到天黑。剪报贴了好几本了,可那经理从来连看都不看。后来我跟我那同学的父亲反映,他说大概经理在考验你,磨炼意志。我当时就想,我买报纸搭进去不少钱了,这到月底给工资吗,回头把我自己的钱全磨炼完了。其实到现在我也不知道那经理到底脑子哪根筋搭错了,让我干那个干吗。走的时候我把报纸都扛走了,因为最后我都是按我的喜好剪的,光怎么治粉刺就积攒了两大本。

可剪了半个月的报,让我对整个新闻行业有了了解,我边剪边赌气,就这水平居然能在报社混。尽管我后来随波逐流地被扒拉到财经战线上,却发现,那样的日子比我剪报纸还难熬。

人生的转折很多时候是有预谋的，我们在不停寻找一个开始的时候，其实它早已经把虚掩的一扇门推开了一个小缝，等待你看见那丝透过来的阳光。

有一次，一个北京的朋友问我在不在北京，电话是很随机打的，怎么就那么寸，我正好采访完没事干在西单瞎逛悠。那位很实在的朋友说有个饭局，主办方让她凑十几个人，希望我去凑个数。反正没地方吃饭，我打车就去了。到了包间，里面有一个超乎想象的大圆桌，人都快坐满了。谁也不认识谁，所以自顾自说话，我赶紧按模糊记忆蒙着找那个给我打电话的女的，先自我介绍，怕人家再忘了。她站起来握手，特恍惚地看完我说："哎呀，你长得都变了！"我心里咯噔一下，也不知道这算好话还是歹话，但好歹我落了个蹭饭的位置。

上凉菜的光景，又来了个被招呼凑数的人。那闺女举着手机进来就问："谁给我打的电话，让到这儿吃饭？"居然没人理，大家都埋头吃。她又问了一遍，给我打电话的女的抬头疑惑地问："你是谁呀？我们的座都满了啊！"那闺女有点急，调出短信证明自己的清白。打电话的女的恍然大悟说，哎呀，我打的，你长得我都不认识了！

天哪，这什么记性啊！

我没话找话地跟旁边坐着的一个人瞎聊，天上一脚地上一脚。晚上回家,十一点的时候手机响,是那个坐我旁边的人,都散伙好几小时了才想起介绍他是出版社的,让我把聊的选题写本小说。可我因为喝得有点大,根本就没记得自己瞎白话什么了。我稀里糊涂想蒙混过关,但若干月后,那个人又打电话来了,问书写得怎么样,需要马上报选题批书号。我听得心惊肉跳,我一个字也没写,甚至都没想过这事儿。只好硬着头皮说,快写完了。随后,用二十七天的时间胡编了个小说,都没时间自己看一遍就交上去了。

那是一个瞎猫碰死耗子似的开始,却开启了我跟出版的渊源。人生就是在胡同里穿梭的过程,你不知道下一个路口会撞上什么,开始一段怎样的生活。

春天的礼物

春天,蠢蠢欲动的季节。我脑子一热,仰望天空的时候,看着一个飞起来的白塑料袋说:"放风筝呢。"这句话被赵文雯以讹传讹地变成了我邀请大家去放风筝。于是,在一个有风的上午,男男女女站在我们小区门口。

那么大岁数了,还非得骑自行车去。四个人两辆车,男的带男的,女的带女的。

赵文雯大概还是上辈子骑过自行车,自己骑都晃,还使劲喊:"快上,快上,再不上来车倒了。"我变步拧腰,居然没坐上去。再瞧那俩男的,还骑的电动自行车,跟开摩托似的,俩人仿佛蹲在架子上。

终于上了马路,赵文雯撒欢了,外套大敞着,我半个屁股点在座位上,身体倾斜四十五度,半趴在她后背,就这样,还得用一只手把她衣服给关上,怕她再感冒,可她说她已经骑得浑身冒油了。

下午的公园,人还真多。阳光照得人心里微醉。我不会放风筝,但有一双学习的眼睛。赵文雯拿着风筝在那儿逗弄,还问一个大爷:"风在哪儿呢?"大爷也对得起她说:"风现在很乱,得等。"再看那俩男的,都不耐烦了,蹲地上玩起土坷垃。赵文雯是个有尊严的女人,知道使命是什么,自己疯子似的跑开了,别说还真管用,风筝终于离开地面有三米了,但随后,她手里的线轴卡住了,线瞎了。

我们两个人跟纺织厂女工一样,拿着把乱线在那儿捯,我觉得眼睛都花了。抬头望了一眼,两米外的俩男的正美滋滋地看着天空中高高飘扬的风筝,好像每一个都是他们放上去的。

我对着鸡翅哥狂吼:"你!给我过来!"鸡翅哥放下手里的土坷垃,跳着就过来了。我把手里的瞎线丢给他。鸡翅哥很沉稳,在我眼皮底下,把一团瞎线捣鼓成了两团。我从鸡翅哥手里抢过线,他的手指像十个烤香肠,和线都绕一起了,勒着。我觉得我的声音都变了,黑帮老大一个口气问他:"你有打火机吗?"鸡翅哥也哭腔地回应我:"没有,我不会抽烟。"当时我真想抽着烟抽他。

阳光照得我直迷糊。我让鸡翅哥看着风筝,我把裤子提了提,横下一条心，我就不信了，今天能栽在一团烂线手里。可线已经出去一百多米了，还被过来过去的人踩在脚底下，我们狂捯。赵文雯说："您能抬一下腿吗？"我低头一看，我俩腿全给绑上了。可这时，过来几个不低头走路的群众，我大喊："绑我一个人吧，放了他们！"可那几个人腿已经给缠住了。来一个算一个，来两个算一双，我们跑这公园广场上设埋伏来了。

不知道时间过了多久，终于我把线给解开了。放一分钟风筝，拆俩小时线。我深深地呼吸，把风筝甩给俩男的，那俩道行太深，瞬间工夫直接把风筝拽树上去了。赵文雯在树下哇哇大叫，我怕她受了刺激，大春天的，赶紧又买了一个风筝回来。鸡翅哥也变戏法一样，手里拿着个特小的指甲刀，对我说："没关系，我们不用买线了，线还能用。"我狠狠白了他一眼，同时看见冯冬笋正和一个大娘在晃腿的器械上健身，还冲我们笑，一副坐看云起时的老头儿表情。

为了避开树，我们选择了河边，一来风大，二来障碍物少。这回轮到冯冬笋了，他跟个跳大神的似的在河边挥着风筝找风，别说，还真蒙上了，风筝上去了。我们极尽赞美之词，为了自己也能玩会儿，过过瘾。他把风筝给了鸡翅哥，我和赵文雯的嘴可比风厉害，鸡翅哥一哆嗦，线轴掉地上了，被风筝带着直骨碌，眼瞅就掉河里了。俩男的一点措施都没有，光在那里"哎呀",跟盼着进水里一样。赵文雯在那惊声尖叫,只有我见义勇为的劲头上来了,说实话,一百块钱在地上我都没那么拼命踩过。我急速捯着小碎步,一脚就把线轴闷脚底下了。太刺激了,差点掉河里。

人的命,天注定。风筝飞那叫高,而且越飞越远,我们还拼命捯线呢,敢情线早断了。四个人傻子似的看着又一个风筝挂在遥远的树上。赵文雯说:"上树拿去吧。"我说:"你环顾一下四周,有一个能爬窗台的就不错。"

回去的路上我写了首诗,最后一句是:春天,我送你俩风筝。

微笑向暖，安之若素。

我们，在一起。如同玻璃上浮现的哈气，轻轻地，用手指画上一颗又一颗叠加着的心。

相聚成为一种仪式，是可以踏实的停留。家，用它棉质的目光注视着我们，让苍老的变得年轻，让疲惫的变得轻盈。

在这里，我们期待花开的声音，等着听见它用尽力气撑开层层厚重。

"

时光里的阴影就是我们。有时候觉得自己很勇敢,不是因为不害怕,而是害怕的时候依然在坚持。特立独行,不受外界打扰。安静简单的内心会腾出更多的地方装幸福。

世界每天都不一样,是我们自己把它过成了一模一样。所以,为什么不恢复每个人世界不同的模样呢?别怕孤独。走着走着,花就在心里开了。

送上门的大厨

我就怵头不请自到的人。阿绿推门就进,我局促地望着摆了一桌子没收拾的瓶瓶罐罐和沙发上随便扔过去的书包。阿绿说:"哎哟,这么乱,我就喜欢倍儿乱的家,温馨,有人气儿,不像宾馆。别收拾啊!别见外,我们家比你们家还乱。"阿绿像个来看房子的,也不坐,挨屋看:"你们家厕所也温馨,一股子厨房味儿。"

我满心嘀咕地尾随在她身后问:"您觉得我们家风水如何?"她特别随和地把书包往我们家沙发里一扔,"挺好挺好!你中午打算吃嘛?"我大笑。在我的记忆里,一般串门都得先换鞋,然后中规中矩地坐人家客厅椅子里,嘘寒问暖,喝着茶水聊着天。我认识的这帮人倒好,一个个的,特别不见外,不像来串门的,像来搞家政的,根本坐不住。

阿绿，直接进厨房了。打开橱柜门，嘴里念叨着："调料不齐，得买。"然后扭头问我："咱家有黄瓜吗？"我摇摇头，心话儿，咱家存性不够，没那个。阿绿说："行了，你们家门口哪儿买菜？中午我做饭。"我心中大喜，但抬眼看了一下表还不到十点呢。

我就像带着新来的小时工，我说什么话题她都能给岔回到做饭上。我问你们孩子上什么小班呢，她说："我们孩子爱好单一。"我说："爱玩？"她答："爱做饭。就爱逛超市，什么食材怎么配，他自己搭。"我就只能干站一边赞叹了，我连一个十岁的孩子都比不了，何况是他妈了。

阿绿真是一把好手，到菜市场，不问价更别提划价了，那叫利索，主要是也不问我。我像是客人，揣着俩手，跟在她后面，拎着东西。阿绿很自豪地往回走着说："告你，我满脑子菜谱，我就喜欢上别人家做饭。"我都不知道答什么好，笑着，挎着她胳膊说："要不，我雇你得了。"她大悦，拍着我的肩膀说："没问题，我还绝对不要你钱！我吃饱就行。"

进门她一头扎进厨房。我跟着进去，说想学学。她说："你学嘛？出去出去，等着吃就行。"我就真出去了。一会儿，就听见她在里面叫嚣："哎呀——"我以为出什么事了，她尖着嗓子说："灶台！"咣咣咣敲了几下，"你平时干活吗？这个角没擦干净！"我赶紧冲进去打算擦，还没抬手呢，她"哎呀"一声：

"你们家盘子怎么这么小啊!碗以后不能这么放,招细菌!"她说哪儿我赶紧动哪儿,可是一会儿"哎呀"又开始了。

我觉得我要摔东西了。

我大叫:"你能不数落人吗?跟个恶婆婆似的,你来找碴儿的,还是吃饭的?"

她笑嘻嘻:"我估计我如果是个做家政服务的,要突然来一人,都不知道谁是主人谁是保姆。我能一边干活,一边数落,这儿为什么这么脏?那儿怎么不干净?要不要钱先撇一边,我干活,你不让我说话可不行。有没有人,我也这样,给多少钱,我也这样。我干活不数落个人,就干不下去。"

我彻底没脾气了。不一会儿,又来了个朋友。阿绿虽然没跟人家见过面,但比我可热情多了。拿碗,扔进去俩鸡腿,摆人家眼前:"吃了!都给我吃了!"那哥们忙说在单位吃过了,但面对这么热情的人是有压力的,只好闷头吃起来。

菜没怎么动,阿绿端起盘子挨个派送,使劲往大家盘子里放。最后的那些全倒进自己碗里了,我们面面相觑,没见过这样的,跟饿好几星期似的。阿绿边吃边说:"大厨要没个好胃真不行,你们不吃,我吃。看!空盘子,这就是幸福感。"

就这么奔天涯

其实就是话赶话,在MSN里说了句嘛时能看见瓦蓝瓦蓝的天呀,我这边还敲着省略号呢,那边已经决定去西藏了。跟多米诺骨牌似的,一上午的工夫,分散在各个城市的六大位神人分别冲动地请了年假,倒腾倒腾存款,把机票都给订完了。那速度,跟要抛头颅洒热血似的。

高海拔咱也不是没去过,但走累了往地上一躺就做出一副睡觉的姿态,这事还真没干过。军师列了个装备清单,那叫一个细,最悬疑的是让买二十条内裤。我问为什么袜子准备十双裤衩要准备二十条?她镇定地说:"环境恶劣咱就不洗澡了,用一条扔一条。"这倒方便家里人找,万一丢哪儿了,牵条狗就暨摸到地方了。我又问:"咱就去半个月,剩下的五条干吗使?"军师说:"当纪念品!"我寒毛都要竖起来了。

户外的装备太贵了,哪儿没到哪儿几千块钱没了,不是厚得跟塑料布似的,就是跟车间工人一样,怎么那衣服穿人老外身上就那么有型呢,我是对着画片儿置办的,一照镜子,整个一电焊工。

因为我们要一路开车从丽江出发,走滇藏线到达珠峰大本营,塌方和泥石流是无法预知的。自打我在江湖上放出我要开丰田4500进藏的消息,请我吃饭的人突然多了,弄得我立马觉得人间自有真情在。连那个整天扬言上班比上坟的心情还沉重的赵文雯也攒了个大局,她出钱。我问她为什么这么大方,洒遍人间都是爱,她说:"让你把该见的人都见了。其他话我就不说了。对你就一个要求,给我活着回来!"

白花花也冒出来了,还约了一干中年妇女,为我壮行,给我壮胆儿。跟我屁股后面了一下午,就一句:"你到底想吃嘛!"弄得我一直以为楼道里有回声呢,一回头,敢情次次都是她尾随我后面发出的银铃般的邀请。

大概因为路途艰险。饭局史无前例地变得异常频繁而艰巨,弄得我都想怀揣红旗上路。

我跟胖艳吃香河肉饼,这姐姐愣要了一斤半,服务员端上来一落,任务太艰巨了!我们默默无语地嚼着、夹着,因为除了大饼,还有两大盘子凉菜。我从来就没吃那么饱过,俩女的,

就这么奔天涯

跟刚从工地回来似的,至少干掉了一斤。她大概是因为真饿了,我呢,嘴动得很悲壮。

途中,胖艳说:"我吃饭一般都混,四个西红柿也能凑一顿。每天晚上在大马路上跑两个小时,途中还要过俩桥。可体重不见下,还总长,这太诡异了。"我问,那你说我,这一路风餐露宿,半个月怎么也能瘦几斤吧?她坚定地动着筷子:"不可能,没准还胖个十几斤。因为那地方路上突发情况太多,你们吃了上顿根本不知道下顿在哪儿,能不能吃上,所以逮到一顿得狂吃,为下顿做储备。"像她说的,我们哪是去朝圣啊,就是为暴饮暴食走的。

我怀里揣俩糖饼,就这么奔天涯而去。

千里共婵娟

我今儿个把酒问青天了：为什么这么点儿背？

话说中秋节这天，家里走了拨旅游的，所以就剩我自己了。本来我很本分地要求自己工作工作再工作，可架不住没完没了一堆不认识的人祝我中秋节花好月圆。我在脑子里过了一下，觉得这日子能被甩在家百爪挠心的人也就白花花了，所以在外面的时候就给她打了个电话。这中年妇女在电话里大呼小叫，说正在看恐怖片呢，陈小春演的，一点不害怕。她嫌我一会儿一个电话太啰唆，问我到底嘛意思。我说，晚上要没事，咱俩欢度中秋吧，听相声去。她说："听就听，具体咱俩QQ上定。"我就问了，电话都打了还上什么网啊，她说，白领都在网上对话，前后桌也得发邮件。我于是猛蹬自行车赶紧回家上网。

白花花为了人多热闹，让我攒人。我先给胖艳打电话，人家关机了。又给老段打，人家压根儿不接。后来又给老徐打，也没人接。可白花花使劲鼓励我，说必须再拉点儿人。老徐的电话终于通了，她大吃一惊的态度让我有一种不祥的预感，果然她说：有病啊，大过节的。噎得我够呛。老徐是个善良的人，又给了我俩甜枣：你们定时间，我请你们看电影请吃饭。可我固执地坚持：就今儿个。老徐说：有病！电话挂了。

因为被众人的态度激怒了，本来我们听相声也是有一搭没一搭的事儿，老白忽然激情四溢，非听相声不可了，还让我提前去占座。为了一起庆祝我们共度中秋，白花花说她得先洗个头。我则又蹬着自行车去门口超市买了袋瓜子，便于晚上解饱。途中，她让我怀里揣俩月饼。我问还用不用带个保温瓶装点热水备着，她说不用，渴了就自己咬自己舌头。大概是因为我让她出来的时候别带钱，她就认为我这么财迷的人也不会自己带钱，为了避免晕场子，她在家煮了一锅老玉米。

我就差在后椅架上别俩小板凳了。为了占座，我骑得比快递公司还快，可到那儿一看，人家锁大门了。我赶紧向白花花汇报，那中年妇女在电话里说："别是都为防着咱们吧。你回家，咱俩QQ说。"跟她联系，手机不顶用，随时得捎着无线上网本儿。

到家我就把怀里的月饼掏出一个给塞嘴里了，前三口还真咽进去了，后面少半个实在太腻了，扔桌子上，就当给她留的，先供着。上网一问白花花,她说一气之下把别人送她的一个高级咖啡套盒拆了封,要给自己煮咖啡喝。

我吧,起码还有煮中药的经验,她也就自己煮过挂面,能研制出什么好来?我问,你拿稀饭锅煮的吧?她说,去你的。我做了两大碗呢。一看用词就知道还是用稀饭锅煮的。

后来她承认了,原话是这样的:"我把咖啡当稀饭煮,先放了一玻璃瓶水,然后把咖啡直接倒了进去,一会儿感觉不对,都沉底儿了,再拿起说明书一看,原来咖啡得放另一个器皿了。煮个咖啡还这么多事儿。"我问:"你没磨吗?直接煮的豆子?"她说:"是咖啡粉。我先用开水泡来着,泡不开,跟我撕开的袋装大麦茶一样一样的,噎嗓子,觉得得煮,一煮,还真能喝了。"说得太像中药了。然后我问她放糖没有,她说她放了十块方糖。这舌头还有味觉吗?白花花抱怨,开始放了两块,还苦,一下又抓了八块,她问我:"你说为嘛这方糖化那么快呢,齁甜齁甜的。"我说,你该放冰糖。白花花打破砂锅问到底的劲儿上来了,很认真地请教:"那方糖到底干什么用的?"我说,写上字就是一副军棋,为了玩儿用的。

后来,白花花的咖啡也没喝下去,在这样一个月明星稀的中秋之夜,我的窗台上供着少半拉吃剩的月饼,她窗台上供着两碗甜得没法喝的咖啡。彼此发了条互助短信:"千里共婵娟吧!"

好久不见

我忙不迭地告诉几个朋友我又出书了。对于他们,这个信息就像号角,拉响的是集结号。我们都在同一个城市,我的单位甚至跟一个朋友的公司只隔着一条马路,但是不用算,上次我们见面的时候还是我上一本书签售那天。

我们每天并不匆忙,可时间仓促地过着。网络上,大家时常打着招呼,开着玩笑,我们被虚拟时空紧密相连,时间长了便有了一种错觉。我知道我们并不疏远,只是再没有了见面时相视一笑的生动。我们喜欢用"看你什么时候方便""什么时候有空""等你不忙了"当前缀,因为太多的时间被各种各样的应酬挤占了,好朋友间的相聚变得困难。要提前约,要找理由,以前是年节,现在是我签售。

我的快乐不在出书,只是在于我能见到好久不见的你。就像,签售的时候有人笑着跟我说:"小柔,你可比去年瘦啦!""小柔,今年显年轻啊!"一个小朋友说:"阿姨,你化妆就是比不化妆好看。"在光阴的流转中,我与你相见,我们微笑着留在相机里的照片是我们这一年的记忆。我珍惜如此稀疏的相聚。

那天,我一个人待在大会议室里耗点儿,因为签售现场要求我必须时间到了才能下楼。一会儿,门被推开,几个等不及的人已经自己找上来了。其中一个大哥拉着位孕妇说:"楼下人太多了,我媳妇排队不方便,就喜欢您的书,您能给提前签一本吗?"我受宠若惊,说话都磕巴了。夫妻俩让我把书送给尚未出生的宝宝,我现在已经想不起来我在扉页上写了什么字,但低头缓慢书写的时候,我使劲眨眼,生怕打心底泛起的感动流淌出来。我和他们一家人面对相机笑着,这是他们送给我的最真挚的礼物。

有些朋友在我微博里留言说,我们排了那么长时间的队,就想跟你照张相,保安却往外赶,尤其你旁边那个拿相机的,催个没完,也不有他的嘛。其实"那个拿相机的"不单催你们,他更催我,他跟苍蝇一样在我耳边叨叨"快点,快点,后面人太多了,读者都站半天了"。于是,我们用最短的时间,经历了一次相见。为了弥补这个遗憾,我们组织了"悦读会",终于可以从容地跟大家畅谈了。

出了九本书，说实话，我没一本自己从头到尾翻过。所有读者对我书里那些故事记得比我都清楚，他们说起赵文雯跟说自己闺女似的，我倒像个听得津津有味的外人。

天气降温那天，我们团聚在米萝克咖啡馆里，那是我们悦读会的家。大家到了就闷头在纸上写写画画，有准备提问的，有描绘我罪恶嘴脸的。大家纷纷找出书中喜欢的段子来朗读，说实话，第一次我自己当着那么多人字正腔圆满腹感情地朗诵自己的作品也挺紧张。后来，一位大姐干脆念开天津话了，那个味儿叫一地道。因为听惯了中央台和北京台主持人播我的书，猛一听天津话，觉得在座的个个都能进直播间了。

开始吧，小资气氛搞得挺浓，还铺垫了点温婉低回的背景音乐，后来干脆我把"缪贼克"给关了，因为大家一会儿鼓掌一会儿狂笑，简直就是《曲苑杂坛》的效果。整体气氛刺激了我人来疯的真我本性。最后，直接给大家白话了一段发生没几天的事儿，大伙平均隔五秒一小笑，每半分钟一大笑，最终以持续的爆笑收场，人人把肺活量都练出来了。

大家说，这样的悦读会要一直搞下去！我满口答应，这样，我们就能在这座城市里经常见面了。

朋友其实和为贵

我在微博里发了一条别人关于交友之道的名言：以金相交，金耗则忘；以利相交，利尽则散；以势相交，势去则倾；以权相交，权失则弃；以情相交，情逝人伤；唯心相交，静行致远。

朋友是我们在人生中用来取暖的炭，通风好的时候，不仅能让我们浑身充满暖意，还能照明。可通风不好的时候，我们就会中煤气。一个姐们儿，前几天说她一个亲戚特无辜地抱怨："朋友比亲戚都好。"我那姐们儿就问了，为嘛呢？他说："我下岗十二年了，啊（拉长音儿）——亲戚里谁问过我，玩牌有钱吗？人家朋友都知道，我就这么一个爱好，还问问我，有钱吗，没钱，我给你五百，你先玩着。"我哈哈大笑，旁边的三姨说："我这把年纪了，就爱吃个海鲜，怎么也没人问我有没有钱吃螃蟹呢？我就爱旅游，怎么也没人给钱让我去香港呢？这能算什么理由啊。"谁是朋友,是内心发射信号得到的反馈,这事儿,还真不能别人说了算。

有一天,我在单位很晚了还没吃饭,用QQ直抒心意,饿饿饿曲项向天歌。一位多少年没怎么联系的女同学慈悲心起,很心疼我下班太晚没饭,说家里还有点剩菜可以接我过去吃。我心里热乎乎的,因为但凡人家能这么说,是真没拿你当外人。而且大冬天的,有车接,是件很有面子的事儿。我就在路边等啊等啊,女同学怕我寂寞,歪脖子夹着电话要给我讲笑话,我对声音忽远忽近的话筒那边说:"你就别聊天了,多危险啊!"她说:"我开得慢,怕你着急啊!"那会儿已经不是堵车的点儿了,但她依旧能把车三挡二挡那么开在祖国的大道上,实在是心理素质太好了。

到她家剩菜是够可剩饭不够。她说:"我给你整新的,我吃旧的。"我坚决不同意,不许拿我当外人。咱一起吃旧的吧,我央求。她给我看了一眼碗,我就改口了:"整新的,起码俩人都能落上口大米。"说实话,那一大盆剩菜啊,她说吃了三天了,而且菜汤子跟老汤似的总往里添菜咕嘟来咕嘟去,别说,里面的土豆和豆角都挺好吃的。她说:"你倒是多夹点啊!"我说:"我尽力了已经。总不能把自己撑死啊。"她笑了,知道我真吃饱了。

因为我撑得在屋里直转悠,她说,咱做面膜吧,我说行。

一会儿,她拿多半个香蕉递我"把这个吃了",半盒酸奶"你把这个喝了",一把蘸了蜂蜜的勺"给唆了唆了别糟践了"。然后搅拌着小碗,让我躺那儿。把糨子似的东西往我脸上抹,顺脖子直流,我惊呼,自己衣服不值钱,别把人家沙发弄脏了。她用半卷手纸全围我脸周围了,跟刚动完脑外科似的。"味道怎么样?"她问。我说:"这面膜太解饱了!"流到我嘴边的,我都给喝进去了,那叫一个齁,真不心疼蜂蜜,我要在原始森林里,这脸估计能把全山的狗熊给招来。

晚上我就睡他们家沙发了,大概因为喝了咖啡,放嗓子白话得口干舌燥,我沉默中咽了几下吐沫,思想斗争是否钻出去喝点水。就在这时候,她很不放心,蹑手蹑脚走过来踢沙发,然后在黑咕隆咚里说,"你不会死我们家吧?"我刚要吭声,她又说:"当然你要真死我们家,我们觉得很荣幸。"转天,楼外面还真摆花圈了,但我活着。我向那一字排开的花圈默哀良久,那女同学在我旁边说:"居然还真是老太太。"我瞪了她一眼。

一个哥们儿离职,他说:"我身边的人都习惯了我是个强势的人,他们都觉得我能搞定一切,我不需要安慰,我不需要调整,我能一转身就踏上征途。结果吧,我就发现,身边人都在祝福我,没有一个能听我发发牢骚的。这是不是也算一种失败呢?"我说,再亲密的朋友都很难事事有灵犀,不是别人不懂你,而是你得主动求助,你得告诉他们,"老子需要安慰,快来安慰我啊",他们就知道得带你出去鬼混了。

转眼间又到年底。在我感叹光阴的刀片越来越快,几乎把人生削得不剩什么的时候,不同种类细分的聚会邀请接踵而至。朋友其实,和为贵。

肉都不脆了

我头晕目眩的时候经常去找盲人按摩,那大夫两口子租了一间小房子,两张按摩床,生意倒也一直不错,什么时候去,床板上都停着人。这个地方是一个朋友介绍我去的,她说这俩大夫手劲儿大,她亲眼见过那男大夫把一段手指头粗的钢筋抓直了,所以找他们锤炼自己效果好。说这话的姐们儿胖,所以必须找个下手狠卖力气的按摩师才行。至于我,虽然也就是个一般人的身材,但也算是骨头里埋着肉的那种型号。胖姐们儿说,想治病就得找有劲儿的大夫,这就跟拿铁锨挖坑似的,靠的就是把子力气。至于专业,人家打小学的就是这专业,睁眼闭眼捏不错。本着献爱心的精神,我就办了张卡。大概因为看不见,所以他们特别爱说话,而且嘴里跟有扩音器似的,声音高八度,弄得我说话也都跟朗诵似的。这样的按摩是很有家庭氛围的,一边扯着闲白儿一边耳朵还听着电视,手底下兼忙活着生意。电影频道也不知道在放什么革命老片,女大夫一胳膊肘抵着我后背一边智力问答:"你知道刚才案板上切什么了吗?"我趴着,斜眼看了眼电视,随口说"萝卜"。女大夫说:"不对!土豆!"

我支棱着脖子看着电视,镜头一闪,还真是土豆。我恭喜她答对了:"都是地里的您还能听出不一样来?"她说:"那可不!一下刀就听出来了。"忽然,她揪着我后脖梗子上的皮点评电视:"这配音不对,这不是狼叫!你想听听狼怎么叫吗?"这大晚上的,窗户外面的风还呼呼刮,幸亏按摩诊所离动物园还有几站地的距离,要不里应外合的还真受不了。

在秀了多种口技之后,女大夫把我后膀子那块肉拍得啪啪的,然后说:"你听听这肉都嘛声?"我说:"肉声吧?"她说:"都不脆了!"大概她的意思是肌肉僵硬,然后告诉我得经常活动。顺着她的话一想,还真是,我跟瘫痪的人似的,每天大部分时间全是坐着"轮椅",耗在电脑前面,肉都不脆了。

大夫噼噼啪啪把我拍了一遍,声音还真是各有不同,她告诉我胃消化不好,肠子不太蠕动,心脏跳动缓慢。然后把我嘎巴嘎巴浑身的骨头掰了一遍,听着那打我身体里发出的动静跟听狼叫一个反应,心虚。我们的亚健康其实是那么明显,居然连声音都变了。为了让肉变脆,我打算运动啦!

老小孩和小小孩

脑袋一热,买了两张往返机票,在春节前,把我妈和孩子发往三亚。壮年在这个节骨眼儿是不能离开工作岗位的,所以这一老一小相隔六十多年的组合倒成了绝配。幸亏这决定做得太唐突,我妈一直在屋里转,嘴里就一句:"还带点嘛呢?能多带不能少带。"在她的指导方针下,客厅跟地雷战似的。我惊呼:"这都要带走?那是夏天!"可我妈说了:饱带干粮热带衣。这不,还特地去超市买了一堆方便面。同时在旅行包里塞满了毛衣、绒衣。

别以为她出远门才这样,就算是去蓟县待两天,旅行包一样得装满,不塞到没地方塞,她心里不踏实。所以我把大包都藏起来了,否则,有几个包带几个包,有多大撑多大。我看着那装满春夏秋冬四季服装的行李直犯晕。夜半,我偷偷到客厅,轻轻把包袱打开，蹑手蹑脚往外掏用不上的东西。我正全神贯注呢，后面一声大喝："都用得着！"吓得我一屁股坐地上了。敢情我妈躺床上根本没睡着，还惦记着再带点嘛呢。

我说："您是去慰问啊，还是去捐助啊？"我妈用脚踢了踢圆滚滚的包袱，"有人送，有车接，带着也不费力气。都带着，图方便。"因为我把他们托付给了当地一个朋友，所以，赶紧连夜打电话，让那哥们儿接机的时候扛着扁担。那兄弟回话说："没把你们家电器搬来就不错，老太太整个一宅急送。"我当时就反驳了，我说："你们家全家顺丰快递。"

晚上的航班。我上午出去了一趟，给我妈办漫游的电话卡，回来她人没在家，左等不来右等不来，打电话也没人接。最后在我成热锅上的蚂蚁跳着脚蹦的时候，我妈回来了，空着俩手。我松了一口气，庆幸她没去超市买手纸什么的。她把羽绒服的帽子往后一甩，站在我正对面恳切地问："你看我这新发型怎么样？"

怎么这么从容不迫呢！这飞机离起飞没几小时了，她还去美发了。而且顺便给我儿子也剃了个新发型。这俩人百废待兴，容光焕发。我说："你们是去拍戏吧？又是服装又是道具，准备太细腻了。"

一个老小孩和一个小小孩就这样出现在了机场。他们都很执拗，依不同喜好，老小孩带的都是衣服，小小孩背的除了零食就是玩具。我充当了唠叨的角色，一个叮嘱刚说完就跟失忆了一样又重复地说，最后连最爱唠叨的我妈都急了说："你别那么絮叨行吗？我们就算再老土，也不是没坐过飞机。"

我妈跟个战士似的，去换登机牌。我儿子跟个长辈似的，对我说："你回去路上小心。"看着他们一老一小特别得意地过了安检，我尽量抻长了脖子想把目光追得更远。俩人不停地冲我挥手，还外带飞吻。我怅然若失。他们则手领手蹦蹦跳跳跑着就走了，因为行李都托运了，俩人空着个手跟逛公园似的悠然。

我坐回自己的车里，还是不放心，给他们打电话，没人接听，我开始揪心。一会儿，电话来了，我妈大声说着："刚才是你打的电话吗？别打了，我这话费怪贵的。马上要上飞机了。"电话挂了。又隔了一会儿，我儿子发来短信"登机了"。我忽然想起我七岁的时候还在楼群里摔泥玩，而他都能带着外婆远行了。

依然留在工作里的壮年们，像一群蚂蚁。我不知道等我老了的时候，是不是也会像老小孩一样，带着个小小孩走南闯北。

求学路上的爱情首演

站在中年的边上谈爱情，真有点大冬天站风口没事找事的感觉。正经人家的爱情一倒就容易倒回豆蔻年华，上学来好像就为了谈恋爱似的，如果连异性都吸引不上，这学上得简直太失败了，家长的钱都白花了。

校园里因为伟大的爱情成双成对的很多。尤其那种三流大学，压根就没几个城市的考生，女生稍微洗洗脸梳梳头抹点儿雪花膏就是校花了。

赵文雯就因为总洗脸梳头，还挺受重视的。曾经在情窦初开的时候喜欢上了一个男生，特别文艺的那种，吃馒头的时候都能诗词歌赋口若悬河，才艺表演里，人家还会吹口哨，能写歌，捎带脚踢踢足球什么的。那会儿，满校园都挂号儿的，也没的可挑。爱情就在别无选择中来临了。

一次晚饭后的相约，男孩磨磨唧唧地非要让赵文雯去打羽毛球，赵姑娘这胃里东西还没落肠子里呢，但为了减肥，拿拍儿就去了。可那次打球跟选国家队队员似的，累得她俩腿都挪不动步了，男孩还一个劲儿发球，特别异常。赵文雯仰天看得眼都花了，最后把拍子都当手榴弹扔过去了。

眼看就要大吵一架扬长而去，这节骨眼上，那男孩很文艺地走过来，用他宽阔臂膀把赵文雯圈住，汗味儿那叫一个冲。但这么抒情的时候，咱不能不配合。电视里不总演吗，得闭眼了。等着下一步。

身边人来人往，赵文雯心话儿，也不选个背静点的地方，还有遛狗打她身边过。赵文雯心里觉得，那些人一定认为她是个练气功的。一女的，闭着眼站便道边上，也不说话，谁都得认为是发功呢。赵文雯等啊等啊，人一闭眼就没平衡感，她再不睁眼人就要倒地了。这位文艺男同学觉悟了，终于要深情一吻了，赵文雯的心突突直跳。可你猜怎么着，先蹭脸上的是冷冰冰的眼镜片儿，大冬天，跟抹腻子似的，一会儿左一会儿右，一会儿轻一会儿重，赵文雯摸着黑闭着眼把他的眼镜给摘了，可摘完赵姑娘就后悔了，因为她自己裤子没口袋，眼镜没有地方放，又不能随手扔了，还得攥着，弄得手都不知道该放哪儿，最后只好架他脖子后面，跟拿了把刀似的。太没气氛了！

而且赵文雯还挺惦记扔地上的羽毛球拍的,她借的专业拍,挺轻的那种,生怕有人趁自己闭眼那会儿把高级拍子给她顺走。初吻是很复杂的,说实话,赵文雯心里惦记的全是不该惦记的事。像之前读的那些青春爱情故事里说的,一吻就眩晕什么的,赵文雯估计是她本来就低血糖。当时赵姑娘脑子特别清醒,想着四样事儿:第一,以后坚决不找戴眼镜的,还得给他拿着眼镜,太占地方;第二,羽毛球拍要丢了,赵文雯得被骂死;第三,太渴了,得买瓶水;第四,夜宵不能再吃三食堂的方便面了,今天改砂锅豆腐,再来一烧饼。

羽毛球之夜就跟个仪式似的。赵文雯再没怎么理那个男生,文艺哥后来也识趣地不知道又找谁打球去了。赵文雯则继续洗脸梳头搽雪花膏,完成她的求学之路。

通讯录里的秘密

在这样一个资讯发达的社会,手机几乎已经顶替了固定电话。连我妈这种从来都与时尚为敌的老太太,也换了新手机。虽然行动跟上了时代进步,但意识落在后面,拿着个手机,哪儿也不敢碰,跟怀里揣了炸弹似的,生怕按错一个键删了什么重要东西,或者把手机弄坏了。小心翼翼的劲儿,把个手机里三层外三层那么裹着,说怕掉地上摔了。

我次次打电话她都听不见,包那么严实,跟刚偷来的似的,只有她找我的时候才用用手机。我对此表达了强烈不满,并且责令土土把我的电话号码给外婆存进手机里,起码有急事的时候能找到人。可事情就是那么巧,在我终于认为手机能起到传话作用的时候,我妈又不接电话了。我没有钥匙,在她门口团团转,越等越不来的时候,我开始自己吓唬自己,急得我都快爬楼顶子上瞭望了。

就这时候，我妈脚步轻松地进入了我的视线，我才松了口气。我急赤白脸地问："为嘛不接我电话呢？号码不是输手机里了吗？"我妈在掏钥匙前先翻包："根本就没你电话，这一晚上就一个叫大块儿软糖的总拨我的号，不定什么人呢。"我一把拿过她的新款手机，塑料片还没撕开呢，在未接电话里，确实显示着"大块儿软糖"。我满心狐疑，显示号码一看，眼珠子都快掉地上了，我儿子把我的号码直接存成了"大块儿软糖"，这古怪名字，我妈这么谨慎的人能接吗？

我一度特别想问大家一个问题，你知道你在别人的手机里是什么名字吗？因为赶时髦换手机的人多，有些人揣着俩手机同时用。就像我常用的一个号码，在陈完美的手机里变成了"王小柔2"，有一天，陈完美的夫君拿她的手机打电话，看见我的名字在通讯录里，好奇地问她："你存电话，怎么连这些人的特点都写在名字上啦？"我很二，就这样被一传十，十传百地传开了。

有些人叫他们的外号久了，已经忘了人家真名叫什么了。有一天，北京一个不怎么熟悉的人让我把一个做外贸朋友的号码给她，号码倒是迅速找到了，可我叫这个朋友"大傻"二十多年了，从来也没让他办过什么事，所以，他姓什么我都忘光了。就为了扫听他叫什么，我又给身边好几个朋友打电话。因为耽误了些时间，让北京那人很疑惑，觉得我不想帮这个忙，或者尽管吹得跟那个人如何"发小儿"如何熟，其实根本不认识。这事儿，我还没法儿解释，真有人能熟到，想都想不起名字的地步。

我还有一个同事，她老公总出差，每到一个地方为了省钱，就办张当地的电话卡，这样诉衷肠抽查饮食起居的时候方便。每次移形换影的时候电话卡上的钱也就用光了，可那个号废了，别人存电话里的号未必能更新那么及时。有回她老公有意或故意用她的手机，上下一翻，发现有通讯录里居然有"北京老公""上海老公"等等，搁谁能沉得住气啊。举着手机就要翻脸，我同事急忙抱住他宽阔的臂膀："别急，千万别急，你看号码，那些都是存的你用过的号！"幸亏这老公脑子好，尚能记住自己用过的临时号码，要不跳进热水里也说不清楚了。

我认识一个兄弟，他的一个手机特别正经，里面全是菜谱。我在他手机里叫"四喜丸子王"，他老婆叫"麻婆"，最绝的是他给他妈起的名字，居然叫"饺子"。我问他为什么要这样，他说为了防贼，当手机丢了，坏人没法在你手机里寻找到任何线索再去坑人。

我觉得这样编名字的人脑子得多好啊，搁我，自己就先乱了。不过，翻开自己的通讯录，还真的给很多人安上了个性化外号，通讯录成了秘密。

邻居是用来挑战智商的

我觉得邻里之间能产生故事的,一定是老街坊,不在一个楼栋混上半辈子都擦不出什么火花。我特别喜欢跟老年人当邻居,因为出来进去没话搭话地一团和气。再看年轻点的人,出出进进大都目不斜视,凡人不理,防贼一样,仿佛干特工出身,住这儿几乎是来卧底的。

先说隔壁的邻居吧,很神秘,住了好几年了,我也没摸清他们家到底有几口人。有时候能从那门里走出来十多人,而且年龄层次跨度极大。开始我以为隔壁有不良交易,因为就算亲戚再多,也不能整天跟走马灯似的串门吧。所以,只要门口一有动静,我就站猫眼那儿观察,每天什么点儿进出什么人都做到心里有数。

我以为就我自己这么警惕呢,没想到物业打扫卫生的大姐也是满心疑问。因为我好说话,她没事就敲我家门,因为楼道的公共空间里会突然出现很多东西,比如价格不菲的植物,天一亮就跟半夜来了精灵,活活把人走的路变成了一片森林,幸亏我们不是矮人国的,要不都得在花盆中间迷路。物业大姐问:"不是你摆的吧?"我说,我也就养养鸟,花全是小盆的,我没种树的爱好,再把房盖挑了。物业大姐很无奈,问我怎么办。绿色太多也挺肃穆的,怎么看怎么让我想起烈士陵园一进门。那大姐去砸门,半天没人理,我说别砸了,白天没人,您夜里来,他们家到十二点左右就剁馅儿,开饺子馆似的。把那大姐吓的,门也不敢砸了。

我们俩一起撅屁股把花盆推开,留条人走的道儿。

我妈这个人热情好客,与人为善,不管碰见谁都特别得体地跟你嘘寒问暖几句。有一天,她问我邻居是干吗的,因为她跟邻居打招呼,出来的小伙子目光游移,跟个聋子似的,推着自行车还挂了她一下。随后,在猫眼上侦查的任务被我妈接管了,闲工夫大不大放一边,我们都被悬疑剧般的邻居吊起了胃口。只要没事儿,我们的时间都用在分析案情和嫌疑人身上。

我妈认为邻居肯定有钱有势。因为有几个给他们送礼的人,砸半天门不开,把大盒子小箱子全扔楼道里了,一头儿堵着那家的门,一头儿向楼道延伸,也不怕丢。半天工夫,物业大姐开始找我，因为打那些纸盒子底下开始流水儿。我一看包装上写着冻鸡冻鸭冻饺子之类的，这哪儿放得住啊。当然，搁我们家冰箱是断然不行的，这一地东西起码够好几百人吃的。物业大姐问："你有好主意吗？"我回回都去那儿指挥的，就跟东西全是我们家的似的。我说："咱都给捐了也不合适，你们那儿有破棉被吗？裹上，化得还慢点。咱得让这些死去的动物瞑目。"那大姐一听我这么说，吓坏了，立刻淘换被子褥子去了。她还真行，再来的时候，抱着铺盖卷。

我们俩一通奋战都给码好了，然后把大花被子铺上。好么，里面真跟躺着个死人似的，要再把那些树摆着，简直就是灵堂啊。我一屁股坐在被子上，打算跟邻居好好谈谈。直到晚上，我等啊等啊，实在困急眼了，就睡去了。

早晨一看，被子还在，轮回路上的那些动物和饺子全没了。有这样的邻居，太挑战智商了。

去医院吃早点

每年我都得催着我妈去体检。也经常从她的嘴里听到她那些朋友提起很多体检中心,设备服务似乎没什么太大区别,只要机器不坏,检查结果都一样。但话里话外,选择体检中心完全取决于哪儿的早点好。

说实话,对于医院的体检中心我没什么了解,感觉上就是机器设备,和一些退休补差的大夫。所以,一般情况是,我妈说想去哪儿体检,我就陪她去哪儿,捎带脚考察医院早点部。

我妈是个急脾气,任何事都赶早不赶晚,体检这么大的事儿就更甭提了,早晨五点就醒了,要不是公共汽车还没上班,她早自己奔医院了。我就佩服她干什么事都跟买国库券似的,要求自己必须顶门儿。

我从醒到穿衣服到洗漱,她中间不知道催了我多少回。我说,您又不是挂急诊,怎么这么没从容劲儿呢?排第一个也没奖品。我妈倍儿生气,就站在门那儿,一只手放在门把上,时刻出发的样子:"我这憋着尿呢!"

一个老太太,真不容易,我可知道憋尿的滋味。为了让检查更准确,咱坚决要按规定,把这头轮儿液体送检。我疯疯癫癫就跟她出门了,一路轻轻开车,有个石头瓦块什么的赶紧绕开,生怕一颠腾老太太再承受不住。

随着车中一问一答只剩我的声音,我发现,我妈面部表情僵硬,估计全身都绷着劲儿呢。幸亏没堵车,到医院一路小跑进了体检中心。我妈跟看见救星似的,嗖一下就冲出去了,打一台子上拿了个塑料量杯进厕所了。当然,人从厕所里出来,顿时精神多了。

量杯暂时都摆在一个台子上,排个儿,等着里面的大夫用取样。我妈前面的一个大爷大概有事儿需要离开一下,转脸对我妈说:"我排您前面。有点事,马上就回来。你帮我看着点尿。"我妈下意识地热情应允,我在旁边直翻白眼,瞧让看这东西。大爷动作慢,后面人都轮上了。最后没办法,我让我妈去检查其他项目,我则守着一杯底儿黄色液体左顾右盼。

当我终于在楼道里找到我妈的时候,四目相对,她很着急:"哎呀,做 B 超还得憋尿。你说我也不查怀没怀孕,憋尿干吗

❞

我们在微信中醒来,在微信中睡去,在微信中挤地铁,在微信中工作,在微信中吃饭,在微信中旅行。我们舍不得错过每一条朋友圈的新鲜事,每一个社会话题或者明星八卦。微信原本是用来填补碎片时间的工具,到头来却无情地撕碎了我们的生活。

你是手机的奴隶。

"一个人的存在价值是体现在他被利用的价值上的。"这话很残酷,很赤裸裸,却很有道理。所以永远不要把自己看得太重要,否则会大失所望。不要试图寻找乌托邦式的职场,更不可能有完美无缺的上司,作为职场人,先把自己的事儿做好就不错了,论断上司,不在本分之内。

啊。我得买几瓶水喝进去。"为了让任何一个项目尽善尽美,所以,我一气买了三瓶水。我妈也真行,在家都没看她这么喝过水,一鼓作气,咕咚咕咚,跟渴一星期了似的。可人也不是海绵,上面喝下面立刻能渗出来,且周转呢。

我妈为了加快液体流动速度,在楼道里来回走遛儿,走着走着就遇见了熟人,那个阿姨问我妈什么时候到的,我妈骄傲地说顶门到的。人家就纳闷了,这么早来怎么还没查完,是等人吗?我妈说:"等什么人啊,等尿。"

可算在想象里有了个一些感觉,我妈就进B超室了。大夫把糨子一样的东西往肚子上一抹,然后说:"尿憋得不够啊。"我妈大概也溜达累了,想躺会儿,跟人家对付:"你就大概看看吧,我去年也没事。"这句话就是心理暗示,让大夫拿去年的结果推测今年。那大夫多明白啊,说我先这样看看吧,如果不行您再出去等会儿。当然,最后大夫还是在检查结果上写了一切正常。也不知道是检查的,还是推测的,但结果是我们满意的。

当所有检查结束,我们就奔食堂了。别说,早点还真不错,比食品街的都全,而且随便吃。我妈拿了个大盘子去自助早点。我作为家属,只能远观。老太太很心满意足,她也吃不多,但还是赞扬了一下这家医院的体检中心,她说:"我可以不吃,但品种不能没有。"我心想,咱又不想承包医院食堂早点部,管那么多干吗。

南辕北辙的缘分

我干着半截活儿,看见苏小妹在QQ上一闪,我随口就问:"你明儿下午有空吗?"她顺口答应。借她八个胆儿也不会想到,转天下午,我已经到她单位门口了。她故作镇定,对于我的突如其来表现得见怪不怪。上来就特别热情地问:"你什么时候走?"我翻着白眼站在杭州的大太阳底下。她赶紧笑着说:"我是说,你能改签机票多待几天吗?"我把肩膀上的包横着扔她车里,"会聊天吗?说话跟玩牌一样,得讲究顺序。"

我喜欢有朋友的城市,再陌生的地方,因为一个名字也会变得特别不同。尤其我的朋友,一个个的从南到北没一个见外的。跟苏小妹在烂遍街的两岸咖啡吃了份炒饭,她回去上班,我去忙我的工作,约好了她下班再汇合。本来晚上有人请客,但跟苏小妹已经约好了,就只好揣着手在酒店大堂等她。其间,有若干人过来拉我去吃饭，我都特别坚定地说"等朋友"，满脸一副趾高气扬的样子，好像就我有亲人似的。直到吃饭的那拨人都剔着牙出来了，我还左顾右盼张望呢。

苏小妹硬逼着我把酒店退了，然后跟她回家，我在心里感叹，这回连个退身步都没有了。她是个有情怀的人，屋里除了绿色植物，就是大花布，跟到了陕北农村似的。大热的天，到处铺的都是兽皮。我抓起一张闻闻，苏小妹说："那是羊皮，澳洲的。"我在裤腰上围了围，如果再拿把叉子，就是一女猎户。

苏小妹问："咱吃饭吗？"我说："要是不吃饭咱干吗？"她说："减肥呗。"一个瘦子跟一个胖子提减肥这茬儿，就算山珍海味摆眼前谁好意思动筷子啊。我很识趣，强烈要求减肥。苏小妹带着我沿苏杭运河一直走到西湖边上，绕了半圈儿又往回返，此时离我们出发已经走了五个小时。途中，善良的姑娘一直嘘寒问暖："你饿吗？"我说不饿，她说："我也不饿。那咱接着走。"这简直就是对不吃饭的一种鼓励。

说实话，我还真没遇到过这么能走的人，健步如飞，有说有笑，我打心里服！最后实在撑不住了，问她，咱能买口水喝吗？因为已经太晚了，又走了一站地看见肯德基，要了两杯可乐。我说，歇会儿。她说，不能歇，一停就没劲儿走了。然后俩女的大半夜端着两杯大可乐，跟偷的似的，走得倍儿快。经过一个垃圾箱,苏小妹把没喝几口的可乐给扔了,咚的那声给我心疼的。我问为什么扔啊,她说,喝多了长胖。还让我也扔了。我生怕她给我抢走,站那儿迅速全喝了,确定只有冰才撒手。

转天,我被发配自己去灵隐寺附近闲逛。我觉得路过寺庙不磕头显得咱没礼貌,可哪儿想到,怎么有那么多寺庙且全在山上。爬了四个山头儿,最后我连抬头的力气都没了,眼前只有垫子,倒那儿就磕,我们家祖宗要显灵估计都得心疼。这时,苏小妹短信问候,我说我已经磕晕了。她问,你这是干什么亏心事了,这么忏悔。听完这话,我立刻下山。

到家,为了给我补身体,她问我,你吃煮鸡蛋吗?我点头。一会儿,端上来糨糨糊糊一碗,白的。合着煮鸡蛋是先把鸡蛋炒了,然后放牛奶里加桂圆肉煮。哎哟,那个甜啊,吃进去那个闹腾啊。不一会儿,又一大盆,也是白的。熬的鲫鱼汤,里面也糨糨糊糊的。我豁出去了,喝!权当催奶了。

下午,坐在她的车里,我看着窗外不由感叹:"你们这风景真好啊,满目青翠,跟烈士陵园似的。"她一口咖啡全喷胸口上了。

有个天津的朋友问我,吃西湖醋鱼了吗?吃龙井虾仁了吗?去夜市了吗?庸俗!我说我只吃了肯德基永和豆浆还有什锦炒饭。对方说,你那嘛朋友啊。我说,那不是朋友,那是亲人。她一直以为我们朝夕相处来着,根本没拿我当外地人。

辑二

不拾闲儿

99

　　自从感受到什么是时光飞逝，那小岁月简直快得惊心动魄，转眼半年，转眼一年，再转眼孩子都比自己高了。时光太可怕了。别的东西堆那儿起码看得见，时光都堆你身体里。比如脸上的褶子，身上的肉，还有追个汽车上个楼抬不起来的粗腿。咱还不能算那些亚健康的病。

　　和时间赛跑咱是没戏了，只能跟自己赛跑。我们咬紧牙关，拼了。鞋、袜子跑飞了都没事，只要我们在向前奔的时候能保持好的心态。快乐是有力量的，帮我们抵抗那些来自生活的暗流。撑不住的时候，它会拉你一把。所以，无论什么时候，我们要保持内心的愉悦。你在，阵地在。就没有谁能打垮我们，对吧？

一个拐弯开雨刷器的女司机

作为一个连电视机遥控器都弄不明白的人,开车对于我而言确实是件迎难而上的事。如果不是因为儿子小时候总半夜发高烧下楼打不到车,我还真不会动当司机的心思,后来买车也是想拿它当120使来着。学车更是痛苦的,光有开大型游戏机的经验根本不行,女教练天天拿把戒尺坐我旁边,一会儿让往左一会儿让往右,我脑子刚打算想想哪手写字来着,一尺下去,那叫一个响,吓得我更不知道左右了。很长一段时间,我因为不分左右被轰下车坐在后面看别人怎么开车。我当了三个月的乘客,最后路考的时候,嘴里含着速效救心丸,终于借着药劲儿通过了。我至今还记得考试中途,我悄悄问车里的同学:"你知道怎么能把车停下来吗?"不知道这算不算作弊,因为"踩刹车就能停"是别人告诉我的。

后来我终于成了司机，我的车只去两个地方：学校和医院，所以使用频率并不高，能不开车就不开车。倒不是我多么热爱环保出行，我实在对开车不感兴趣，以至于我到现在也不知道自己的车雾灯该怎么打开，前机盖子按哪儿就能给打开，车里的好多按钮十年来我都没碰过，不敢随便按，怕开着开着车再自己炸了。虽然车有说明书，但厚厚一本，实在没有研究的兴致。

我开车的速度并不快，按骑自行车的速度来。一般来说，开得慢就不会出危险，可是我常常是停着的时候或者快停的时候被别人撞，看来本着安全第一的原则也会遭恨。

网上经常有人编排各种段子来编排女司机。比如说大晴天的，女司机突然开了雨刷器，其实是她想拐弯。我的智商一直在想雨刷器和拐弯的问题，觉得不太可能，左右手分工明确怎么可能混淆呢。但看过这笑话的几个月后，我在新西兰每次拐弯都会把雨刷器一下扒拉到最快挡，我眼前胶皮和玻璃迅速摩擦，忙得我眼球都快从眼眶里蹦出来了。因为当你开习惯了方向盘在左边的车突然换了欧版汽车会手忙脚乱。

靠右驾驶的汽车特别适合左撇子，你只动左手挂挡，右手可以闲着放方向盘上。有一次在国外开车，一上去我就开始哆嗦，那么大的四驱车，光后备箱就能躺着伸开腿，驾驶座里塞

> 各种总结、会议、报表、人情往来……好像平时不怎么见到的人也都冒了出来,这事儿那事儿,跟催命一样。时间成了一缕一缕的,捻着捻着就乱套了。事儿一多,让人从心底开始长了杂草。焦虑是一种心病,不用治,但自个儿也得会化解,否则这日子可就难过了。

> 翻开中国历史,"孝道"两个字迎面而来,高高在上,不容闪躲。从古至今我们耳畔里彻响"百善孝为先"这样的话,多少年来它已经成为"德之本""礼之初"的做人原则。从小聆听的故事里就满是东汉年间九岁黄香扇枕温衾、晋代王祥卧冰求鲤、吴猛八岁恣蚊饱血、宋代朱寿昌弃官寻母、西汉董永卖身葬父等等,古代孝道传承有序。

因为怕背上不孝的罪名,很多儿女从小就养成了听话的习惯,用"好孩子"来迎合大爱无边。父母的爱成为模具,在你柔软的时候塑型成品,当你不负众望最终成为了你,模具里已经没有了任何伸展空间。

个二百来斤大胖子没问题,尽管系着安全带,还是旷得慌。外国朋友哪知道我的底细,特别放心地说:"你开吧。"大路不敢走,我就绕着环岛一圈一圈转,转得我自己都快吐了。在转的过程中,我还得让行来自四面八方的车,显得特别有礼貌,一看就是礼仪之邦来的女司机,其实是不知道怎么开。

好不容易开上了大路,在后视镜里发现后面朋友的车开着大灯,赶紧打电话告诉他,外国朋友说,开长途的车都必须开大灯。我问:"为嘛大白天得开大灯?"对方没回答,超我而去,我在电话里喊:"你开双闪吧,显得咱是一伙的。气派。"对方不同意,说开双闪得被罚款。

别说,老外的车比我那"救护车"好开多了,就因为太好开了,所以油费得哗哗的。到加油站,两眼一片茫然啊,车里那么多按钮,哪个能打开油箱盖呢?在外国朋友面前不能露怯,我把手底下的按钮估摸着像的,挨个按了一遍。忽然,啪的一声。成了!我下去拔出油枪,那哥们用奇怪的目光看着我,大笑,猛走两步,把我前机盖子掀起来,咣当一下撒手:"油箱不在前面!"我就不明白了,一个那么常用的按钮,藏那么隐秘干吗!

对于开车这种事,我真提不起什么兴趣。好歹也算是个十来年的老司机,摸过的车也有若干了,但它们依旧跟我们家的电视机遥控器一样,除了开关机,其他功能一概不知。

拿驾照需智商考试

我很佩服那些机车女性,就是自己能开着吉普指挥一纵车队,两部手台此起彼伏抄起来就说那种,她们就像印在钱上的女拖拉机手一样让我崇拜。我对开车这种事到如今也心虚,别说边开边打电话了,我连半导体都不敢听,车里就不能有任何动静,否则我会心猿意马,眼珠子不够转的。

有个夏天,我骑着自行车好不容易碰到棵树,在树荫下单腿儿点地喝口水。这时候,一辆黑色奥迪也在路边抛锚,打车里出来个女司机,身材高挑,戴墨镜,一袭白色长裙,红高跟鞋,这三种颜色凑一起特别扎眼。这时候来了阵风,女司机趁势把长发往后一甩,拍洗发水广告似的。可惜风一过,头发披散满脸,改贞子了。我扭着脖子,手里的水瓶子仿佛就是沃特噶,咕咚一下。女司机,把长发在手腕子上一缠,随即将车钥匙当簪子往里面一攮,头发立住了,道骨仙风啊。她一条腿蹬在前面保险杠上,把裙子往上提了两寸,一绕一系。顺手又把机盖子给打开支上了,探着身子检查线路。

一个女的,穿得跟夜来香一样居然会自己修车。比我自行车掉链子,到处捡树枝弄满手油泥高端多了。所以,我对会开车、勇往直前的女性一向充满敬意。

赵文雯刚买车那会儿,习惯性呼朋引伴,尤其遇恶劣天气喜欢出手相救,比如有一年冬天下雪,晚上十点半从单位出来,人家车已经停在外面了。她很高兴我能坐她的车,因为好多人宁愿自己走,都不愿意上她的车,赵文雯有个毛病,旁边只要有活物就要跟人家说话,她们家狗一上车都烦躁。可是我,生性仗义。

驶离主路后,地面就几乎成了冰面,在路灯底下反光。拐弯,赵文雯也没减速,大概她觉得自己已经开得够慢的了。可是车横着就滑出去了,出溜半天才停下,因为当时我不会开车,还为把机动车开成冰车的感觉可劲儿地拍手称快。赵文雯在车里运了一会儿气,开车门出去,站在路灯下竖起一根手指,仰头指着天,我以为她要跟玉皇大帝对骂呢,但半天都没声,她就那么个姿势在路边伫立着,孤独而不雅。

这一幕发生在十年前了。自从我也成为司机之后就很少搭别人的车，主要是我更加执着地参与到公共交通中，依然保持着坐公共汽车和地铁的习惯，倒不是我环保，是因为我反应差而且能像蜥蜴一样眼睛瞬间把前后左右看全的本领极弱。这十年来，不停地听到赵文雯因为开车而出名的事，她从来没撞过车，也没被别的车撞过，但她能把车开到半米高的台子上，连不认识她的人都把这个女人记住了。之后就更没人敢坐她的车，机车女倒乐得逍遥。

有一天，她特别兴奋地给我打电话，"我翻车啦！"声音气喘吁吁，我第一反应蹭的一下打沙发里弹起来问："你人没事吧？"她说："没事，要不你赶紧过来看看。我发个微信给你，现场倍儿幽默。"我没看微信，抓起衣服就往外跑，满脑子都是流血啊、爆炸啊、急救啊等等颇为壮观的场面。

到了事发现场，赵文雯正驱散围观人群呢，一边拿手扒拉群众一边讲解她怎么瞬间把车开倒过来的精彩瞬间。我定睛看着她，心里全是叹息。她一把将我从人后揪到人前。我问："你是被撞的，还是撞别的车了？"她的车正四脚八叉地四轮朝天，驾驶舱的门开着，里面还唱歌呢，老大的声音"时间都去哪儿了，还没好好看看你眼睛就花了，柴米油盐半辈子，转眼就只剩下满脸的皱纹了……"赵文雯说："我就自己开的！"这是显摆驾驶技术的时候吗？

她说因为雾霾，路面太滑，一脚刹车下去，车轮就蹭便道了，一打轮，车过了便道瞬间折个儿。"我到现在脑袋都是蒙的，不知道车怎么翻过来的。当时我想到的是香港警匪片，怕车炸了，推开门就爬出来了，都没来得及熄火。我离老远看了十分钟，车也没炸，它就一直自己在那唱歌，好像还挺高兴。我发了几个微信，你就来了。"赵文雯又跟我介绍了一遍事发经过。

我问："系着安全带，你爬出来困难吗？"她说："我嗖一下就爬出来了。"旁边一揣手探脖的大爷插话问："你练过吧？"我拽赵文雯："别夸她了。谁没事练打车里往外爬啊？"我觉得，以后驾驶证考试必须得多加一项智商测试。

"八卦"是块口香糖

在谈话时认真倾听对方叙说是一种基本的礼貌,然而最近英国公布的一项调查结果显示,大多数女性在闲聊"八卦"或偷听别人谈话时才会真正去"听"。同时,男性"八卦"的能力更强,他们平均每天花在与朋友、同事闲聊上的时间比女性还多二十四分钟。

"八卦"就是一块口香糖,虽然嚼着很筋道却不能往下咽,正式场合你要总跟反刍似的还显得素质特别低,但它的好处是能把沾嘴里那些大蒜、韭菜以及中老年牙周炎味儿瞬间掩盖,还弄得满嘴清香,就算他张着大嘴露出嗓子眼儿对你哈着气,你都闻不见。这东西比牙膏哑摸着顺嘴儿。

"八卦"在吐沫横飞里能迅速拉近人和人之间的关系。我曾经在电梯里遇见俩人,从一层到二十六层用不了几分钟,俩女的明显不怎么认识，但大概又都见过，不说话难免尴尬，头几句一听就是没话找话，但当一个人在十八层说了句"你知道那谁谁为什么离职吗"，另一个人明显情绪高涨，连我这个不知道"那谁谁"是谁的人都支棱着耳朵听。到二十五层，一个女的该下电梯的时候俩人熟得都不想让电梯门关上，还在最后几秒互留了电话。

也有人喜欢弄点低智商的测试题，大家抻着脖子问问各自选择后被归属的人群，一轮过来，认识的不认识的，熟的不熟的都对彼此加深了印象。

这种闲聊如同成立一个兴趣小组，嚼口香糖的人有的干嚼，有的人从嘴里掏出来揪着玩，还有的人直接吐地上，再看着它被脏鞋底儿沾走。他们自得其乐，还找到了彼此的认同感。就像我们都会在没牙刷牙膏的时候往嘴里塞口香糖一样，"八卦"在闲聊中被我们发扬光大。

那个调查里说，男性闲聊的话题从对朋友评头论足，到谈论当天发生的新闻、女同事，再到传播八卦消息等，内容广泛，不像女性，大多集中在谈论其他女性。看来男的扯闲白儿的时间比女的还长，甩起来的口香糖都快成抛饼了。

在工作以外，"八卦"的闲聊成了缓解我们面部肌肉的娱乐活动，当然，只要别把假牙沾下来。

够欠的

你知道什么叫欠吗？我要这么问赵文雯，她准说："我瞅你现在这样就够欠的。"所以，我都不愿意跟她交流了。

昨天，一个朋友要离婚。我们充当死劝活劝的角色，让其能忍则忍能将就则将就。但他说，实在将就不了了，因为俩人兴趣爱好缺点都一样，统一到无法互补。我就纳闷了，这性格不合闹离婚，为嘛投脾气的也不能过呢？他说："人都是单翼的天使，相爱拥抱着才能飞翔，可我发现，我们翅膀都是一顺儿的，飞不起来。"我心话儿了，赶上有翅膀的还闹哄，这要遇见个长犄角的呢？再说了，鸵鸟还俩翅膀呢，不遇见点什么情况一脑袋就扎土里了吗，谁规定的长了翅膀就得抱一块飞呀。可这哥们儿认死理儿了，咱更深层次的就不能问了，决心这么大，别会是真赶上有富余翅膀的主儿了吧。

我说:"你提事儿,你说说怎么心往一块儿想劲儿往一块儿使的事,咱得针对事儿来分析你们问题到底出哪儿了。"那哥们儿沉默半天,我们以为他真想事儿呢,半天倒了口大气:"她先提的离婚,我吧,也觉得离了得了。"敢情这算心往一块儿想劲儿往一块儿使,那还招我们来干吗呢,也不管饭。俩人还真默契,先后一起给我们打电话,通报他们要离婚。

我很不乐意,因为目标不明确,也不知道该劝合还是劝散。我往屋当中一站,抄起把筷子把桌子当当一敲:"说吧,你们到底谁有小三了?"俩人都惊了,贼乎乎的眼神儿不敢正眼看我,扫一下立刻低头,也不说话。难道各找了各的小三?我只能这么猜测。忽然,我感觉一群人像抓了一对狗男女,当场审案子。我拽了把椅子,一坐,赵文雯识趣地带领大家一旁喊"威——武——"。这俩闹离婚的,不定心里多后悔呢,招这么帮人来。墩布、笤帚,一边杵地一边闹腾,俩人非但没跪那里,哈哈大笑起来。笑得我们都含糊了,男的胡噜着女的头发,女的拿脑袋撞着男的肥肚子。这是闹离婚还是演小品呢?赵文雯大叫"掌声响起来",大家起哄似的吹着口哨鼓掌。感情风波,就这样在闹剧中稀里糊涂地结束了。

我这边正救着火呢,那位身高一米五出头儿,体重一百五十斤,却怎么看自己都又瘦又高的姐们儿发来短信,说正跟几个女人声讨男人。两性冲突就这么引起的,把人越想越坏,其实，我身边尽管有大把离婚的、不结婚的、结婚也外面瞎胡搞的，但真的也有相濡以沫恩爱如山的。那种从内心泛起的幸福是装不出来的，人家不牵手，不对望，稀松平常，大把的岁月过去，可感情却如粘鼠板上的胶，粘上就甭想下来。所以我始终觉得，遇人不淑，有自己的原因也有运气的原因。

可是大部分人没我这么想得开，又一朋友没完没了地跟我倾诉她的感情生活，人家男的压根不拿她当个事儿，每周都有那么几天"犯病"，据说那叫冷暴力，不说话，不回家。我这朋友，前几天追到单位，质问男人到嘛意思，人家说："累了，腻了，分吧。"六个字把老婆打发回来了，这女的在家抱头痛哭，问我怎么办。我真想送她俩字"死切"，可给我八个胆我也不敢这么说啊。我掰开揉碎，本着劝合不劝散的原则，照方抓药。

我一专门坐诊给别人开方子的姐姐说：有一种男人天生没人样儿，你若高看他，他必辜负你；你若远离他，他必靠过来——括弧，后面的这一靠，并非他离了你不成，而是他不能允许自己被女人抛弃，括弧完。脾气不好的男人是不能要的，与其半辈子在他阴晴不定的极端情绪里提心吊胆着，不如给自己条生路，能平心静气地生活，对女人来说也是好运气。

人啊，都够欠的。怎么我们遇见好人的机会那么少呢？难不成翅膀全长歪了？

模拟人生

现在特别流行让小孩体验成人世界的游戏,其实就是把过家家具体化。前段时间,我和一个朋友带着各自的孩子直奔北京那个儿童模拟城市,人那叫多啊,俩大人跟傻子似的戳在小孩的队伍里,到点放行,无数孩子跟耗子一样就蹿进去了,而且很快消失在他们的城市里。城市奉行干活给钱的原则,重活儿钱多。钱是模拟币,到最后花不完可以在超市换东西。不到这地方,也不知道我们孩子原来这么财迷。他先从事的是消防员工作,在街道上猫着腰卷水管子,一会儿坐上消防车走了,出火警,车在前面开,我一路小跑在后面追。远远看见一群孩子下了车,一人一大水龙头那通喷啊,在家是没法这么祸祸(天津方言,指糟蹋、折腾)水。土土到手的第一笔工资是三十块钱。

当他正在找第二份工作的时候,警察局招人,他煞有介事地问:"叔叔,在您这儿干给多少钱啊?"要这么参加招聘会谁要啊,太赤裸裸了。警察说三十块钱,但抓坏人很有意思。此时土土满脑子在算账,有意思没意思对他根本不重要。他决定再找其他工作,溜达到税务局招人,我说:"快走吧,税务没劲!"他又进去问给多少钱了,还就没出来。我一扫听,敢情在税务局打工给三十五块。没一会儿,一群孩子穿着税务局的制服出来了,一人手里一张税单,跟给车贴条似的,满街道踅摸挣钱不交税的主儿。土土,一路上都在被拒绝,哪个小孩不财迷啊,都拼了命地挣钱还一分钱不舍得花。最后,他不知道用什么抒情的语言打动了一个家长,我远远听那家长数落自己三岁的孩子:"哥哥央求你半天了,拿着!回来我还你真钱!"反正就这么拼死拼活地干,一天下来居然挣了将近四百块钱。虽然在驾校学开车的时候把膝盖摔破了,可看在钱的份上,根本顾不上疼,还到处找工作呢。

临走的时候,钱得花了呀,总不能带回去当书签使。超市全是小孩,财主似的一人攥一大撂钱,也顾不上数,往柜台上一拍,有专人用点钞机给他们点。土土跟他的同学一边商量一边找服务员咨询,最后一人拿俩圆珠笔出来了。我说:"你们好几百块钱就换点这个?"土土说:"这超市东西太贵,这还是打了折的呢!"

后来听说天津也有类似的地方，我又组团带一群孩子去了，功能类似，但形式很不同。北京是以体验为主，全小孩自己干了，咱这以教育为主，先要听老师把原理讲清楚。我发现有个孩子家长打哪儿都端着半拉快餐盒，里面撒着层土，上面插着四瓣儿蒜。实在好奇，忍不住上去问，那妈妈说："这不是在植物研究所研究吗？进去就让剥蒜，然后插土里。我要知道是干这个的，不花那么多门票了，在家买一辫子蒜能剥一上午呢。"因为来玩的孩子少，很多职业体验都不开，开的也要至少凑够四个孩子才行。土土为了给其他几个孩子凑人数，被我逼着又去考古了。其实就是在沙池子里挖塑料杯子塑料碗之类的。这时候，一个高高壮壮的大男孩也进去了。不一会儿，就听土土在里面叫唤，原来那大孩子一进去以最快速度把东西全挖出来了，小孩就有点急眼。我听见工作人员说："你把挖出来的埋回去，让他们重找。"大男孩的妈妈在我旁边抱怨："今天是我们孩子生日，下午五点还得上奥数小班，一个多小时了，到这儿这不开，到那儿那不开，就你们这儿人数够。你说他都一米六五了，站起来比我都高，可只能玩挖沙子。"她话音刚落，一个颤巍巍端一盘蒜的中年男人过来了，一看就知道孩子也是打植物研究所毕业的。

土土他们去学做肥皂，前几十分钟都在讲原理，我们隔着玻璃，看见孩子们哈欠打得，眼睛都要闭上了，还强打精神听。我旁边一直端大蒜的妈妈说："讲也听不懂，看我们孩子困的，都快做梦了。"我忽然发现她的蒜没了，一问，她说："嗨，给忘活字印刷厂了。"

这样无厘头的对话，大概只有在模拟城市才有，而大人，已经再也没有能模拟的机会。

上瘾闹的

最近,被人拉着上了微博。那东西打去年就有,网站的人跟业务员似的到处拉人,而且每天拉多少有下限,不够人数工资就受影响。咱不能做那缺德事啊,让开就开一个,可将近一年我也没去过,因为我一抒情就跟话痨似的,那地方加标点不能超过一百四十字,哪儿受得了啊。你刚张嘴要打个哈欠,偏偏就来人捅你腰眼儿,让那股气儿怎么来的怎么憋回去。

可前些天,网站的人说了,要是拉来的人不踊跃发言也要扣工资,这不跟你不说话他就拿刀捅他自己一样吗?一个朋友适时地在网上冒出来手把手地教怎么用,其实主要是教怎么少说废话,我唠叨一千多字,被她精简成一句。这样手把手地扳了我一个星期后,超过三十字的话我都嫌长,有人问我,你每天写微博是拿手机写的吧?其实我连短信都很少发,嫌费指甲。

我才发现人到中年是那么无聊,当初被人拉着去开心网的时候,也劲儿劲儿地玩着虚拟游戏,为找个车位大半夜满处打电话,现在想想,那会儿不定多少人觉得我有病呢,人家嘴下留情没说罢了。在网上每天重复着一样的操作,拿个破鼠标点来点去,没几天我就烦了,尤其某天我妈打我身后走过,我正收着虚拟房屋后院养的企鹅,她说:"你能干点儿正事吗?"吓了我一跳。我忽然觉得我离老年痴呆不远了,大把的时间鼓捣那东西,还不如再刷一次牙,或者洗一双袜子有意义呢。

当我终于不再打开那弱智城堡的时候,被人带着又进了微博的圈套。

忽然发现,这是一个太适合甩闲话的地方了,你说一句,一准儿没几分钟就有一堆人在传话或者跟着你的闲话接着甩几句。而且多不走脑子的话,都能起到名人名言的效果。后来弄得我都上瘾了,因为就算你在上面只说一个"啊",也会有人跟着起哄,并且把这个"啊"转得哪儿哪儿都是。

有一天,拉我的业务员问:"你那儿上人了吗?"我心话儿,我又不是开饭馆的,人流儿大不大的有什么关系呢。业务员说:"我看首页推荐你了,上人肯定快。"经他这么一说,我还真开始注意页面上的显示数字,平均一天增加一百来人的速度。当我怀揣着虚荣心跟一个朋友说起的时候,那人让我去他的微博上看看,好么,人家两万多粉丝。

　　这事儿就怕比,我赶紧去问业务员怎么才能上人快,他倒拿上劲儿了,不说。后来,我把他老婆的光荣事迹发我微博里了:早晨起不来,闹钟不管用,怎么办?一闺女说闹钟响的时候,她就一巴掌把它拍了再继续睡,都成毛病了。可自从我送了她一个老鼠夹子,并亲手放在她的闹钟旁边,这闺女起不来床的毛病彻底根除了。

　　为了避免我说出当事人的名字,他以虚拟封口费的形式告诉我上人的秘笈,那就是,得不停地瞎白话儿。我翻了翻白眼儿,没搭理。

　　我再上瘾也不会整天盯着那儿时刻准备甩闲话,不过,关注了些时候,发现那里是坊间情绪的集散地,小道消息远比新闻传播得快,因为几句话能完事儿,所以更适合串老婆舌头的发挥了。这样的方式我还挺喜欢的,网络时代,我们见缝插针地寻找着自己的话语权。

掌握火候很重要

爱情就像鬼,相信的人多,遇见的人少。可我们就跟迷上鬼片一样,一门心思地想惊心动魄,直到结完婚,发现压根儿没鬼。

找人结婚跟买彩票也差不多,不是你肯花大钱肯下工夫就能中头彩,何况你挑的号还总那么偏门。

前一段时间,美国前副总统戈尔离婚,两个人结婚四十几年,本是美国人眼里的模范夫妻,两人分手,舆论哗然。而再看克林顿夫妇,一路风雨飘摇,却还始终携手,当全世界都知道他们家那点破事的时候,人家宰相肚里能撑船,依然笑傲江湖,最近听说克林顿为了解决希拉里的财政危机,提出卖自己的时间……

能在一个婚姻里坚守一辈子的确实值得赞颂,因为这像开车,你小心谨慎,架不住有人撞你,上全险也就落一心理安慰。用我们门口老太太的话说:现在路况多乱啊,连蹬三轮的都敢上机动车道了。

因为路况乱,也不可能把自己憋死在屋里,我们还是要在人生的这条不怎么长的道儿上行驶下去。俩人开车,最好是一个特有主意,一个耳根子特软,这样的配合很默契,你说哪儿我走哪儿,绕远废油咱根本也觉不出来,一会儿还就到了。如果赶上俩人都有主意可就坏了,我见过很多,本来俩人好好地坐着,副驾驶仗着自己也是老司机,一会儿说你怎么不拐呢,一会儿说刚才应该挂二挡吧,车都抖了。开车的先是不说话,憋半天冒一句:要不你开?俩人没准儿还能急眼。

婚姻这辆车,似乎磨合期很长。在丈夫眼里,家里总是没有什么活儿;在妻子眼里,家里总有干不完的活儿。夫妻之间一旦发生矛盾,出面劝说的人越多,矛盾越是不容易解决。越是毫无原因的架,两口子吵得越凶。夫妻之间,挣钱多少决定脾气大小,不挣钱的人没脾气。

我发现,一般两口子有点什么伤筋动骨的事儿能让全天下都知道的,婚姻特别牢固,整天闹离婚的似乎都离不了。可那些相敬如宾,被我奉为五好家庭婚姻标兵的,一点风吹草动没有,说离就能离。

幸福是个比较级，要有东西垫底才感觉得到。关键看你怎么比，跟谁比。

同在一辆车上的默契，大概就是幸福感。路上那么多车呢，如果你不是坐在车里，映入眼帘的，只有车水马龙。

我们楼有户人家，很有意思，打搬来那天就开始吵架，而且俩人声音都倍儿大。搁一般人，家丑都得紧闭大门自己文斗或者武斗，他们不是，吵架的序幕永远是女主人一把拉开大门。突然开门的动作就像营业时间到了，谁从那儿过都得往里扒两眼，熟悉的，会主动走进去，用官方语言开导。而且这场面已经成为邻里交流的不可缺少的方式，他们家要有俩月消停了，大伙都觉得意外，挑拨挑拨的心估计都有。

有一次，我趁乱把那位女士拉我们家来了，我洗衣服，让她帮我择菜，我就问她，你们俩总这么打为什么不离婚呢？她说，这么打打闹闹几十年了，都习惯了，离婚，往哪儿找这么个跟你打了闹了还能在一块儿过的人啊？我又问，在一起不打不闹难道过不下去吗？她说，俩人结婚过日子，就像一口炒菜锅，架炉子上，赶上手艺好的，人家能做出美味佳肴；赶上不精通烹饪之法的，能鼓捣熟已经算掌握一门才艺了。可甭管是什么样的大师傅，锅里干干净净，你再摸摸锅底儿，人人能蹭一手黑。

她那意思，家家都有的黑锅底儿，才是婚姻的真相。关键在于,你总看锅里还是总看锅外边。

　　现在结婚离婚已经很和谐了,无论是把婚姻当开车还是把婚姻当炒菜锅,其实我们都有足够的自主权。而且手艺好坏必须自己掌握,这火候,可就难拿了。好在,旁人的评价不是定论,适合不适合,幸福不幸福只有自己心里门儿清。

上进未必是好事

我妈咪在众多招生简章里选了个最质朴的，主动去接受再教育，伙同老头老太太们去学厨艺，上学地点虽然远，天气虽然冷，但他们说："嗨，反正坐车不花钱。"

因为报名太过火热，所以我妈咪只报上了做中式面点的班，当然，所谓中式面点，也就是蒸馒头花卷包子之类的。在我的记忆里，打小我爸我妈就有这手艺，一蒸一大锅能吃一星期不换样儿。可老了，追求起完美了，说老师教的才精致，让人一看就能有食欲。不像我们家馒头，老大个儿，吃完一个得分上下午。

老师的精湛手艺从我妈半截兴奋地给我打电话这事就能感觉出来，又拍照又录像，又分享蒸好的银丝卷。她告我赶紧把厨房收拾好，马上要一展身手，晚上就吃面食了。

我妈一进门，就先给自己做铺垫，说老师介绍一个轧面机特别好，不仅能轧面条，还能帮助和面，咱手没那么大劲儿，蒸面食和面是第一步。我眼睛都没从电脑里拔出来，"您也买了吧？"我妈咪强调："大家都买。"她就是这么个热爱生活的人，当年我们家门口集市里卖任何高科技玩意儿她都争先恐后，只要有人演示她就买，比如魔术墩布、神奇头绳、自行车自助补胎水、去油肥皂、简易除尘器等等，我都说不过来了。

很多东西打买回家就没用过，最记忆犹新的就是自行车自助补胎水。那天我期末考试，早晨一看自行车摊瘪了，我妈咪大显身手的时候到了，赶紧拿来神奇小瓶子往气门嘴里挤自动补胎水，然后一转车轮，再打气，还真就能骑着走了。等考完试出来，我发现车胎又瘪了，赶紧推到修车摊上，可人家把内胎扒下来往水盆里一放，愣找不到冒气的地方。最后，不得不换了条内胎。

我妈咪热爱生活的精神是我所缺少的，所以她往家搬回什么我都不意外。当我把这条微薄发在网上，有人说，千万别让老太太学珠宝鉴定，回头还得买俩矿，也有人说，千万不能学烤鸭，要不你们家还得养鸭子。这也比一个朋友她妈强。她妈咪送外孙女学钢琴，被老师说得又往家里买了一架，钢琴那东西可不是几千就能下来的，好几万一架的高级东西家里摆俩。

我那朋友为了让新钢琴别白买,又生了个二胎。现在俩闺女茁壮成长,一人把着一架钢琴,倒是不打架。

晚上,是我妈咪大宴宾朋的时候,家里来了一堆亲戚,跟饿疯了似的,就等那一锅馒头。我站在妈咪旁边,忍不住要支嘴,咱没做过还买过呢,亲眼看着烙大饼的姑娘做这些。厨娘显然很不耐烦,说:"别动嘴,你来!"我立刻就上了,做饭这事儿不就跟过家家似的吗,全当橡皮泥了。我没按几下面,厨娘就扒拉我让我下去,"你拿面当在搓板上洗衣服呢!"

蒸个馒头,铺那一桌子东西,比做包子可复杂多了。和面的时候,还往里倒牛奶,说得把面本身的香味儿逗弄出来,也不知道面吃不吃这套。当然,最后在我的强烈建议下,馒头改花卷,花卷改肉笼了。因为时间太长,大家都饿了,再炒菜更没时间了,干脆就都一锅出。对于蒸出来的东西为什么不喧腾这事儿,我妈咪说这是因为家里的面不标准,标号不对,我心话,这又不是水泥。

上进,有时候也未必是件好事。

勤学苦练出真功

我妈咪去年学了面食,作为毕业留念,买回来一台轧面机,自从有了那东西,我们家吃了几个月的面条,宽的细的还有曲了拐弯像方便面模样的,一天一大锅,吃得我条理越来越清晰了。今年在她要成为大厨的梦想爆发前,我积极建议她去学烹饪班。以后咱家的菜,个顶个明油收尾,谁看谁都以为是饭店带的折箩,谁也猜不出这就是一寻常老太太的手艺。

为了让我们顿顿都能吃上饭馆折箩味儿的菜,我妈早早带着饭盒和笔记本就去了,之所以带饭盒,是因为她觉得老师在前面示范,一定炒出不少菜来,往家捎回一口,为了对比她的手艺和老师手艺的差距。当然,从来一口都没捎回来过,因为几十个学员个个都带着大饭盒,老师一看这阵势,要求每个学员只能尝一口,多吃多占是不允许的。

第一节课讲了两道菜，到底教的什么菜，具体怎么操作目前只有笔记为证。当天她兴冲冲地回来说："我给你表演表演。"食材很硬可，把死了不知道多少日子的鸡的三条大腿打冰箱里拎出来，说要做白斩鸡。我说用一个鸡腿得了，因为平时家里就没人吃肉。我妈咪势在必得说："那不行，这么美味的东西不够吃哪行？"说实话，到现在一回想起那几条泡在油里的大白腿还犯恶心，坚决不能想。另外一个菜，做得还不如她接私活儿时候好呢，香形色味一样不占。

　　但不得不说，我妈咪去了这一个来小时，还真学到真功了。老师为了迎合学员们的高涨情绪，附赠了一道酸辣汤。我妈也就是在我反胃的当口使出了绝活儿。别说，我对天发誓，这汤还真喝出了饭馆味儿！因为我赞美得当，我妈咪拍着桌子说："真没白学，学费就为这酸辣汤也值！"

　　我妈咪是个持之以恒有韧劲儿的妇女，干工作是，面对生活是，做菜做饭也是。当我们家的轧面机不再咣当咣当地运转，锅里就一直荡漾着绿莹莹的酸辣汤。味道浓了当菜，味道淡了当饮料，反正我去厕所频率明显增加。作为孝子，我从来不说任何打击父母的话，在我妈咪自我陶醉在酸辣汤中的时候，我以我的实际行动鼓励她，敬老爱老就表现在这儿了。上顿酸辣汤泡大饼，下顿酸辣汤泡米饭，赶上周末再来回酸辣汤煮挂面。

我心想,一星期上一回课,下次就换别的了,作为儿女就不能喝一星期酸辣汤吗?

老师对学员进行的是鼓励教育,让回家多实践,就能做出饭馆味儿。为了保证酸辣汤标准,我每隔两天要去买一次豆腐,一块钱八块,每次带俩大饭盒,买八块钱的,算上饶的一块,一共六十五块豆腐,最多三天就吃完了。豆腐是我妈指定地方买的,因为她总说:"你闻闻这豆腐,都是豆腐的味儿。"要有什么人找她,一定留人家吃饭,就为露她的绝活儿酸辣汤,这一大锅汤是我们家的招牌菜!

勤学苦练的日子还在持续。为了支持妈咪,接着喝酸辣汤去。拼了!

在哪儿跌倒在哪儿耗着

"剩女"这词真不好听。就像超市临关门那会儿,卖不出去的馒头包子赶紧降价,让大家一哄而上把好点儿的挑走。烂了吧唧的,看着不怎么样的就甩在那儿了。关门前一股脑全进了土道。姑娘岁数大了没嫁人怎么能跟进土道的东西一样呢?你想包圆儿,人家还不干呢。

因为我曾经大义凛然地站在剩女这边。剩女范如花这个有骨气的女人,在三十五岁那年终于把自己给交代出去了。愣把一个对她一点意思没有的男的追得无路可退,终于修成正果。她的人生守则就是,在哪儿跌倒绝对站那儿不走,且耗呢,得想明白为什么,然后一遍一遍重复昨天的故事,拿一张旧船票,非得上一条船不可。

范如花是学理工科的,但打小热爱文学,要不是她那么热爱跟自己生活不沾边的东西，也不会认识我。在她面前，我一直都无知地质朴着。她二十岁那年借过我一本诗集，还书的时候对我说："你知道我为什么跟你好吗？就因为你总穿运动服。"说得我特无地自容，因为我真没穿过什么赏心悦目的运动服，那会儿仗着自己还算青春貌美，经常穿着秋衣在楼道里逛悠。

也不知道范如花跟运动服有什么渊源，反正入她法眼的，能看得上的基本上都跟体工大队出来的似的。前几日，范如花问我："你挑食吗？"我说："不挑，只要饿不死，我基本上对饭没什么特别的期许。"她放话说："那行了，中午大馅蒸饺。"我对突如其来的请客从来不拒绝，因为基本这些八百年不见，能突然把我想起来的同学，一定是有了什么藏不住的秘密。跟我说，最保险，因为我嘴紧；当然，我手松全能给写出来这事他们却从不在乎。

我们相聚在大馅蒸饺店。我打包里掏出纸巾认真地把桌子上刚才那桌人洒的醋和馅给划拉到地上，范如花啧啧称叹："哎呀，真女人啊。"我瞪着她说："搁您那意思，我直接拿袖子擦？"

范如花嘴里哎呀着，招呼来服务员，要了两屉蒸饺，一共二十个，每个如拳头那么大。小店里人来人往乌烟瘴气。混杂在这些人里，我觉得我们是来接头的，尤其范如花时不时警觉地望向窗外，仿佛我们刚把特务甩掉。

"哎,你给我分析分析。"听见这话的时候,我刚把一个大蒸饺塞进嘴里,用筷子点着她含混地说:"继续继续。"

范如花压低了声音:"我前几天晚上,发现他穿了条红裤衩。我对天发誓我没给他买过这东西,而且据我分析他也不会抽风自己去买条红裤衩穿。你说,他外边是不是有人了,那女的给他买的,向我示威呢?"说实话,开始吃饺子的频率还挺正常,一听红裤衩的事儿,该咬半口的,我把整个都塞嘴里了,舌头都搅和不开了。

好不容易把堵嗓子眼儿的东西咽进去,这口气可算喘上来了。我拍着桌子表示肯定。然后问这几天有什么反常现象吗?范如花说:"我前几天买了条挺贵的蕾丝边的紫红内裤,可是,后来就找不着了。"我一听到这儿,又一大蒸饺整个塞嗓子眼里了。此时此刻,喧闹的小破饭馆在我眼里都是浮云,唯有这耳边的故事那么有趣。我问:"他送给那女的了?"

范如花说:"没有,他给扔大立柜后面了,我擦地的时候看见了,也没钩出来。我一气之下,把他那红裤衩洗完,也给扔大立柜后面了。"我满嘴的馅差点儿全给喷出来。

范如花家大立柜后面绝对是个旅游景点。

如花姑娘用淳朴的眼睛望着我:"你给看看,他是外面有女的吗?"仿佛我是个大仙儿,脑门上有天眼。

我举了很多文学作品里的例子开导她,因为范如花是个看书特别耿直的人,那些书里的例子她都能给照端到现实生活里。我避开了殉情等章节,其他该讲的都讲了。现实婚姻里有那么多的暗礁,很多时候你只能睁一眼闭一眼,或者干脆就别睁眼了。

坐上大灰机

早晨四点,困得丁啦当啷的,坐上车就往首都机场奔,因为起太早了,看哪儿都跟做梦似的。

说实话,我坐飞机的经验不太多,以为这些交通工具都是给油就走呢。我窝在飞机翅膀那儿,眯缝着眼看看外边,大地在转,飞机在倒车。一会儿满耳朵都是轰隆轰隆的声音,要说飞机劲儿是比汽车大,半天还轰隆呢,弄得我梦里全是工厂车间的大场面。我垂头睡去。因为脑袋太沉,脖子撑不住了,要断,赶紧在椅子背上找个支撑点,可没一会儿,脑袋又掉下去了。这工夫,我听见匣子里说,因为等待起飞的航班太扎堆,飞机要排队一架一架地飞。堵飞机了。敢情飞机也跟公共汽车一样,根本没准点儿。我就在那儿想,为什么不能像战斗机一样,同时往天上冲呢。挨了一个多小时,我睡醒两觉了,驾驶员也不

> 谁都不容易，大家都走在高一脚低一脚的路上，没人敢说自己完全顺风顺水，尤其在职场，那样一个百舸争流的地方，没个磕磕碰碰是不可能的。绝大多数人都到不了精英的份儿上，很难一下子脱颖而出，一般都是埋头做着自己的那摊事儿，如果干了几年还没见明显起色，估计就该有自己的想法了。人挪活树挪死，可是你不知道，值钱的都是有能力且忠诚度高的人。

> 我特别羡慕那些被舆论公认的食客，他们满脑子饭馆坐标和各店特色，甚至连几号厨师做的什么拿手菜都知道。你说这得糟尽多少银子才能记这么清楚啊。尤其那些势力大的食客，只要他一出现，饭馆的人都得远接高迎的。派最好的厨子做最美味的菜，他们知道食客的嘴刁。不跟咱似的，粉丝和鱼翅都分不清楚，本来不想吃，人家一说这是鱼翅，立刻来两碗。其实谁知道喝肚子里的是嘛呀。

熄火，一看就不拿自己钱加油。这要开半截儿没油了，天上往哪儿找加油站去，只能全跳伞，飘哪儿算哪儿。

我什么时候上的天已经没意识了，咽了几口唾沫让耳朵缓缓，接着睡。没消停一会儿，机舱里叮咚叮咚，跟来客了似的。一睁眼，敢情是推销小礼品的时间到了，真体贴，还头回遇见真人直销呢。只见空姐举着一个塑料的飞机模型，高呼在外面卖四五百，你们坐这趟飞机可是来着了，卖乘客二百多元，而且，这飞机寓意好啊，象征蒸蒸日上。我记得我们门口超市推销高压锅的也喜欢用这寓意。

大筐里的东西挨着样儿往外掏，弄得跟拍卖会似的。有一个布绒玩具，是什么动物看不出来，有俩翅膀，膀子上的按键左边按下去能录一句话，右边按下去能循环播放。你猜怎么着，还真有人买，我旁边的姐们儿说："一句话来回听，病得可真不轻。"我打算把从自己嘴里省下的航空榨菜当留念，不能白坐一趟民航中的战斗机。

我对着这群打超市招聘上岗的空姐挥舞着拳头，轻呼："发饭！发饭！"旁边阿绿直捏我大腿。过半天了连水都不带给的，我实在按捺不住了，打算丰衣足食，打随身拎的塑料袋里掏出一盘子樱桃西红柿。张嘴就喊："服务员，有钢种盆吗，麻烦你替我把小柿子洗洗。"阿绿扬手就把我的嘴给堵上了，"别闹，要不人家以为你第一次坐飞机呢。"我心话儿,我没让服务员开窗户透透气就算有飞行经验了。我大爷曾经得意地跟我说:"你坐过飞机吗?我坐飞机跟走平道儿似的。"

其实阿绿也渴,但她太虚伪,表现得跟没见过布绒玩具似的,还时不时招手摸摸这个看看那个,捏捏哪个软乎。当我惆怅地闭上眼睛,听旁边那女的说:"如你愿了,送水的来了。"先灌水饱吧,"一杯橙汁,一杯椰汁,一杯苹果汁。"我先干为敬,水车没挪窝,我全喝完了。阿绿满脸堆笑地小嘴抿着咖啡跟空姐解释:"她出来时吃的炸酱面,咸了。"我当场又点了三杯差样儿的。阿绿掐着我说:"别赌气,一会儿没地上厕所。"我说:"谁赌气了,我得把全价机票给喝回来。"

水车推回去没五分钟,饭车又推出来了。阿绿说:"赶紧吃饭,一会儿飞机掉下去,别人可以从你胃里的食物判断出你是打天上掉下来的,还是直接在地上被砸死的。"可我,还真吃不进去了,我伸手抓过航空榨菜:"看了吗,这就是我天使身份证。天上来的!"

半个月后,我们还要坐飞机回。这次是阿绿吃咸了,非吵吵着买水。我在机场大巴开动前去小卖部随手拿了两瓶,手气怎么这么壮呢,俩盖上全是"再来一瓶",阿绿肚量很大,非让我去换,结果举着新水回来,俩瓶盖得给人家留下。怕洒车里,我一扬脖全给喝了。结果新瓶子一拧开,又中奖了。小卖部的人很慈祥,让我随便挑,就算我脑子进水,也坚决不拿参加活动的了,拎了瓶可乐回去塞阿绿怀里。

到机场,还差半小时飞机起飞。我们一路小跑,安检的时候,我说,水扔了吧。阿绿说:"我喝!"拧开可乐就灌自己,边打嗝边埋怨:"时间那么紧,你还非挑一瓶带气儿的,太撞头了!"最后舌头都不利索了,"快上大灰机吧。"

只为这一世的相遇

跟老路再次见面居然是在医院的重症病房。他问我:"你还在报社?"我问他:"你还在开发区?"老路说:"早不在了,这都多少年没见了。"太多年了。直到,听说他妈妈住院了,我心神不宁地赶来。这样的见面竟相隔了十几年。

老路是我中学时期的朋友,我们一起办过文学社,当年跟地下党似的,晚上去找他,偷偷用他妈妈单位的复印机印我们的手写文学小报。时不时没墨粉了,我们就要把那台破机器差不多拆了再组装。每次他拿着一沓热乎乎的复印纸问我:"够了吧这些?"我则说:"再饶几张白纸!"当年觉得,老路的妈妈就是我们的靠山。有一天,出来晚了,自行车丢了。我急得都快哭了,老路则说:"没事,咱的文学刊物没丢就行!"境界太高了,敢情丢的不是他的自行车。

我们的年少时代，就在那从复印机里一次次晃过的刺眼光芒中过去了。毕业那年，我们轮流挨家串，到老路家，他妈妈炒的一盘香菇油菜特别好吃，盘子见底儿后，阿姨看着我问："还吃吗？"我当即就说："还吃！还吃！"阿姨立刻放下饭碗去厨房又炒了一份。那是我最后一次去老路家。

随后的岁月，我们像散沙一样，各忙各的，生活工作，偶尔在过年的时候打个问候电话。我们在同一个城市、很近的居所，失散了。

直到前几天，一个看望病人的同学在楼道里遇见老路，才知道他妈妈病了，老路在这个病房里陪伴了两个月，寸步不离。我到的时候阿姨费力地睁开眼，立刻说出了我的名字。我说："我还记得您做的香菇油菜呢，我吃了两盘。"阿姨说："我不会做，都是瞎炒。"然后疲惫地闭上眼睛，再睁开的时候问："你父母还好吗？"我笑着点点头："您也没事儿，过几天就回家了。"阿姨点了一下头。我那天说了很多言不由衷的话。

楼道里，老路说已经把房子抵押，贷款全交医院了，很多人劝他不要一根筋，自己还有孩子有老婆要养活，可他说："这是我妈，我不这么做不心安。"楼道很暗，他靠在墙上，我别过头使劲眨么眼，好把从心里涌上来的眼泪扫干净。

人到中年了，我们忽然来到了悬崖边，不得不目睹父母的生老病死。那样的分别,如同电影里演的,我们费力地抓住他们使劲伸出的手,大声喊"坚持住",可是,我们的声音是那么脆弱,手里的手在向下不停滑落,我们始终无法攥住这注定的分离。眼睁睁看着养育我们长大的父母从眼前消失,空气里只剩下我们空洞挥舞的手臂。

我们都知道这是结局,但谁会有足够的从容,让生命与生命去完成这样一场相送?

我经常在熟悉的场景里措不及防地想起父亲,他爱吃的饭馆,他常去的地方。直到父亲走了很久,直到我终于可以从想念的悲伤中跋涉出来,才发现,在长长的一生里,我们却是那么陌生。甚至成年之后的唯一一次拥抱,竟是久久地趴伏在他已经冰冷的身体旁。不再有温度的告别,是那么决绝。

我放弃了很多异地工作的机会,始终陪伴在父母身边,只为这一世的相遇。能在一起,是那么温暖。尽孝,是世上抗拒这冰冷遗憾的唯一方式。

你微博了吗

我忽然发现签售是一件挺好玩的事儿。天津的签售，面对的都是读者，真挚的家里人一样，有的是两口子一起来，有的是母女一起来，还有的是带了亲戚朋友以及朋友的孩子来，参加聚会一样，其乐融融。而北京的签售不同，年龄段儿整齐划一，全是微博上的粉丝，哥们儿姐们儿各不认识，但全跟在一条微博后面打情骂俏过。这扔在网络里的一百四十字真是具有神奇魔力，以前经常有人跟我说"帮我写个书评忽悠一下新书"，现在可省事了，全改成"帮我转条微博吧"，转发的力量无比大。

我跟文大头的友谊就是打微博里冒出来的，我们对彼此的名字都有耳闻，忽然有一天，我发现关注我的人里有一闺女人气颇旺，十几万的粉丝都跟她在那儿有一句没一句地瞎搭茬儿，而且说话的条理怎么跟我这么对路子呢，我就迎上前去过了几招,没想到记忆力恢复了,她说:"哎呀,你不就是那写《妖蛾子》的人吗?我买过你所有的书。"我说:"嗨,你不成天在央视一节目里瞎白话吗?"于是,我们用文字握了握手,就算熟人了。因为我们都是好话从来不好好说的主儿,没几天,我们各自的粉丝嫉恶如仇地就打起来了。文大头私信说:"咱俩消停几天吧,别惹事儿了。"

某一天,我携了一杆人等去她的地盘蹭吃蹭喝。因为我带去的童男童女要吃西餐,所以,我们就去了一个人声鼎沸的地方,这样,孩子们呼喊乱叫往天上扔气球什么的就不显得扎眼和缺家教了。文大头儿把菜单画册翻得哗啦哗啦的,一个劲儿催"你们爱吃什么自己点!"可根本不撒爪子底下的菜单。我们全期盼地看着她。因为我带去的朋友跟她不熟,所以人家客气地说"都行都行"。文大头很豪爽,认为我们这群乡下亲戚没见过肉,替我们做主了,端上来的东西比主食都硬可。我东一句西一句闲扯,文大头尽地主之谊,那通儿闷头苦吃,我跟对面的朋友直挤眼。

当她的盘子跟刷了一样干净之后,文大头放眼四望,看见俩小孩盘子里的东西没怎么动,伸手就过去了,边抓边说:"薯条还吃吗?不吃我吃啦!"说着,已经进嘴里一把了,这孩子们能干吗?赶紧俩手上来捂。孩子手多小啊,文大头又说了:"烤肠还吃吗?不吃我吃啦!"孩子们在薯条跟烤肠之间取舍了一

> 有点儿文化的人都讲情怀了。吃饭得五星酒店,大桌子跟大河面似的,跟对过隔老远,餐桌桌面自己会转,不用咱下手亲自摇奖。杯子盘子都镶金边,吃什么都跟七个小矮人他们家似的,全是一盅一盅,不够着急的。太繁琐了。其实我是个标准的慢性子,可不知道为什么在饭桌上变成了急脾气。

> 中国风的歌才有韵味。那些从唇齿间跳跃而出的声音像一部屏幕上闪着雪花的黑白电影，我们甚至可以闭着眼睛用想象给它填色。在文字和音乐的纠缠中我无能为力，跟有东西勾搭似的一路紧赶慢赶地跟着。"雨轻轻弹朱红色的窗，我一生在纸上被风吹乱，梦在远方化成一缕香，随风飘散你的模样……谁的江山马蹄声狂乱，我一身的戎装呼啸沧桑，天微微亮你轻声的叹，一夜惆怅如此委婉"，我的电脑里一遍一遍放着这首《菊花台》，跟得了"《黄金甲》后遗症"似的。

下，选择了前者。我赶紧把自己盘子往她眼前推:"你还是吃我的吧,给我孩子留一口。"她嘿嘿笑着,"跟我吃饭的小孩,都不剩饭,我们得抢着吃。"我心说,废话,谁抢得过你呀,不剩饭孩子也没饱。

不过最近,文大头终于说要减肥了,因为她又要当主持人了,只有她饿着,我们才能吃顿饱饭。

萝卜同学是位主持风格很抒情的人,可不知道为什么会喜欢上我这种特不着调的表达方式。在微博里大呼小叫地找我,网络真神奇,他一喊,跟敲门似的,我立马就看见了。于是握手言欢,顺理成章地让他去主持我北京的签售会。

微博这东西跟电流似的,所到之处全能哆嗦起来,而手机让你现场播报,稍微注意一下,身边尽是举着手机发微博的人,大家起着哄就认识了熟悉了。我们被网络捆绑着,越来越紧,似乎已经无法摆脱对它的依赖了。

我记得你

摆我眼前的玩具表依然发出哒哒哒的声音,可明显电池没电了,咕啾半天其实也还是在原地踏步,弄得我一抬眼两点半,晃荡一圈再看还两点半。我多希望光阴的钟摆也有没电的时候,抠电池也行。可是,这一年像风吹尘土一样,一口气又见底儿了。

我习惯于在年初的时候给自己列个全年计划,然后在每个年末的时候把这个文档翻出来对照,看自己失言了多少。而次次,我觉得自己就像个骗子,说了不做的时候居多,弄得我都不好意思面对自己。

经常有人问"你哪年的",大概他们不好意思问我多大,其实就算问,我也得现捯,拿现在的年份减去我出生那年,最后得出的数字让我自己都惊讶,我怎么晃荡到三十多岁的我都不知道。我还以为就我一个人不服老呢,后来敢情一问,身边的人个个都觉得自己不到岁数。一个四十岁的姐们儿说,我怎么就四十了呢,我觉得我还是小孩呢。

光阴荏苒,小孩也有长褶子那天。

我老了,再见面,你还认识我吗?

早晨在网上看见一个网友在我的微博上留言,让我看他写的一个帖子。点开便看见我在"悦读会"上的照片,下面有句话:与小柔结识于《每日新报》的"晨辉在线"专栏,这个和我同龄的女孩擅长用天津地方语素以调侃的语调表达生活感悟。于是追随她的文字一路走,一路看。后来……

在省略号之后又是一张照片,是报纸的一个角,镜头插在光线里,一行字是那么的清晰:"这是'晨辉在线'的最后一次亮相,告别读者,我们在春天隐退,安静地等待另一次花开。"上面的时间停留在2007年3月9日。时光把那天的报纸叠了起来,我几乎已经忘了。而这样的早晨忽然让我记起当年的版主给我打电话,话语哽咽,问我为什么要把这块版砍了。我说,总是要告别的,谁能陪谁到永远呢?报纸版面其实只是个载体,我们依然可以在密不透风的生活里重逢。

就像多年后的今天,在我们举办悦读会的咖啡馆里,一个朋友说,"你的书我都有,而且一直没中断在网络上对你的关注,从搜狐论坛到新浪微博,就这么不咸不淡,不紧不慢地一路尾随……这么说是不是有点像流氓?"我笑了,这样的尾随是多么温暖,积攒着我们彼此的成长。还有一个朋友说:"我是你最早的那批网友,'晨辉在线'的时候我就在。你签售《都是妖蛾子》的时候我要求你签真名,你还记得吗?你给我签的是'晨辉'。"我说,我有印象。

我不知道怎么表达对这些朋友的感激,"我记得你"是经得起时光雕刻的一句话,活色生香,熠熠生辉。很多年之后,我们靠这样一句话辨认彼此,是件多么浪漫的事。

我们如同沉寂于岸边的细沙,在一次又一次绵延的拍岸中磨砺,变得光滑,我们用太多的时间完善对于生命的成熟。我们偶尔被堆积在一起,也许某一天,又会被海水带走。重逢与分别,相遇与挂念,都被安插在时光里,一起等待那句——"我记得你"。

为了书与人相遇

经常有人皱着眉头,语气充满质疑地对我说:"现在谁还看书啊!"能用到那样的句式,估计自己就不怎么看书。说话如泼水,弄得我都快信了。可出版人又不是冤大头,没人看书还拼命印?

为了看看到底有没有人看书,我扬言组织了一个看书小组,叫悦读会。强占了一姐们儿的咖啡馆,定好了点儿就在那儿等着。我一点都不忐忑不安,大不了没人呗。可居然有人比我去得还早,一屁股坐在那儿干等。而且人越来越多,直到,多得我心里直哆嗦。因为我们找的地盘,人挨人,人挤人那么码放也就能摆下四十人,再多,就得改杂技团扛脖子上了。

我问一个早早到的女孩:"你身边有人看书吗?很多人告诉我读书很冷门。"小姑娘白了我一眼说:"谁说没人看书?我们从网上都一包一包地买书。"另一个人说:"因为你办的是悦读会,是交流阅读感受的,我才来。要是你讲怎么做饭,我还没兴趣呢。现代人精神多苍白啊,这里是给大家增加色彩的。"说得我都想给她鼓掌了。

我们有了很多高科技的产品,它们跟我们的生活捆绑在一起,我们可以轻松地查阅海量数据、人肉搜索,但总有一些人的内心依恋着曾经熟悉的方式。封面、扉页、目录、纸张、油墨,仅仅这几个词,便已开启了一扇通往记忆的窄门。

在这个叫米萝克咖啡的地方,我遇见了很多人,一双双手拿起摆在桌子上的书,再坐回椅子里。活动开始的时候,大家是那么安静,只是不时地抬一下头,目光擦肩的时候,会彼此微笑一下。我们用这个方式表达对书的敬意,对阅读的体贴。

陌生熟悉的面孔,在冬日暖阳里,等待着我们跨越文字的重逢。

记得第一次悦读会的时候,早来的人在纸上画了张大饼子脸,要不是脸上夸张地圈了一副眼镜,我根本不认为那是画我呢。但我还是很兴奋地跟我的新形象合影了,能画那么难看太不易了。这个擅长画大饼子脸的女孩后来成为悦读会第一个志愿者,负责审核报名邮件、发邀请函,干得特别像那么回事。

还有一位大姐,给自己起了个美芽子的名字,每次特别忐忐地说："别不带我玩儿啊,我爱看书。"怎么会不带玩儿呢,如此珍贵的遇见。

书与人,相逢在岁月的渡口,那些朴素的纸张就是牵起的一段缘分。

我们这次悦读会定了个主题叫"假装的艺术",人在不同场合总会有不同的掩饰和装扮,在我们以为自己已经更像的时候,却经常露出破绽。我找了一位特有才的嘉宾,我说给你四十分钟拿相声方式演绎一下"假装"这茬儿,他特别曲艺味儿地回,您这是让我说相声吗,这是让我说评书吧。

每个人都闪烁着独特的光芒,每个人都可以是主讲人。我们阅读的是书,品味的其实是最真实的自己。

我们的小据点儿里已经摆满了大量的书,不会有人问书是谁的,因为每本书都在寻找阅读它的眼睛。图书漂流的源头从这里开始,你可以无偿地将你想看的书领走,你也要把另一本看过的书放入"河流",让它继续漂流。这里也在做新书试读,书你先看,再来的时候,别忘了跟我们分享你的阅读体验。

依然有人问,这么做是为什么,我和很多志愿者用特别清晰的声音告诉你,只是为了让更多的人与书相遇。

春节，回家吧

又到了人在囧途的时候，中国式大迁徙来了。

无论多早出门，都能看见长长的队伍，不用问，一定是买火车票的。其实，我特别敬佩这些排队的人，因为他们知道"回家"。就像那些迁徙的鸟，飞那么远，只是为了寻找温暖，而家，就是散发着暖意的巢。

我说，我春节得回老家，好在不远，开几个小时车就到了。一个朋友说，你凑那个热闹干吗，这节骨眼回去就是送钱，高速还堵车，想上坟，清明节再说。不知道是不是老了，内心里开始惦记起那些跟自己血脉相连的人，虽然我们年幼的时候彼此都不认识，虽然在过去的几十年里我跟那里的联系少得可怜。但是，父亲在最后的时候执意要叶落归根，我亲自送他回去。

父亲仿佛卸去了一生的疲倦，回归童年，和那些我并不认识的老头老太太互相喊着彼此的小名和外号,坐在椅子里,腿上围着棉被晒着太阳砸红一。小院里,不时地听见有人说:"你怎么玩赖呢?""我哪儿玩赖了?你才耍赖皮呢。"人来人往,抬头是天。

认全了所有的亲戚,是在父亲下葬的那天。全中国的人都在过年。不停地有人走过来安慰我,然后说,我是你的谁谁谁,这是你的家,你以后想着得回来看看啊。也许是客气,但太过委婉的话我却说不出来,只是一个劲儿地点头。

因为我们那边依然实行着土葬,所以,在过年的时候,被带到田地里,跟我平辈的兄弟指着大大小小拱起的土包说,这是咱谁谁谁,那是咱谁谁谁,仿佛说了几世的故事。我跪下磕头,所有的陌生与疏离在伏下身的一刻化为乌有,泥土冰冷,我却始终贴着你的温暖。

血脉就像交错的绳索,我攀缘而上。

我特别喜欢坐在长辈旁边听他们说书一样说着我们家的故事。往前捯,捯到了江苏巡抚,捯到了正黄旗,捯到了清廷;往后捯,捯到了满族,捯到了清华三杰,捯到了我们的户口本。我从来不知道我跟那些故事里的人有什么关系,家谱打古代到旧社会再到现在写着很多人的名字,像一棵枝叶茂盛的树,延展着,只是越到后来枝杈越少。而我们,更如同飘零的叶子,离开了树。

怎么能不回家呢?

回家,是为了找寻自己。

我一个哥们儿有次饭局的时候跟我说,他特别担心自己孩子没了对长辈的规矩,所以某一年开始,他让所有人在三十那天给父母磕头。第一年的时候,父母特别不适应,根本在椅子里坐不住。他刚跪下就往上拉,觉得这样太多余,这年代在城市里哪儿还有磕头这一说啊。可他非磕不可,磕完让他哥也磕。旁边的大哥四十多了,这辈子没跪过,站那儿直愣神儿。我那哥们儿催:"我磕完了,该你了。第一年不适应,以后年年练就习惯了。"

现在那哥们儿家搞得跟大宅门似的,三十晚上,所有孙男弟女挨个给俩老人磕头,坚持这么多年,大家真的适应了,而且那一天晚上是老人最高兴的时候。其实磕头只是个形式,形式包裹的不过是一个家的祥和完整。

新闻里不断地看见有的人为回家,冒雪徒步奔归途,谁会有那么大的毅力,一定是家的呼唤。我们应该向所有回家的人致敬。

春节,回家吧。

辞旧迎新的日子

陈完美一袭黑衣,很沉痛地走进屋,默默坐在自己的座位上。一反常态。我屁股坐在自己办公桌的一个角上冲她说:"陈完美,今天这几步走得太低调了。"她打开电脑,冲着屏幕说:"我们家狗死了。"作为同事,我立刻抓了一把橘子,并把一个剥开放在她的面前,用这样的方式对已经走了的狗吊唁,谁叫咱没来得及参加追悼会呢。

其实我刚给我们家一对儿老鼠办完丧事,那两只仓鼠打到我们家,虽然好吃好喝好环境供着,还是不太适应我们的家庭氛围,成天跟疯了似的跑步,直到累死为止。老鼠是闭眼了,后事很让人操心。我把八百年前一首饰盒子拿出来,金银财宝先掏出来,那东西不能当陪葬。把小耗子放在绫罗绸缎上,我妈非让撒点粮食,怕黄泉路上把老鼠饿着,最后还揪了几朵海棠花摆放四周。我问我妈,咱还用给耗子鞠躬吗?我妈白了我一眼:"你愿意鞠就鞠。"我又问:"是在家火化,还是找地儿埋了?"我妈说:"还在家火化?那不成烧烤了。赶紧入土为安吧。"

为了厚葬老鼠,我在小区里那通儿转悠,冬天土都冻得特别硬。我搬开一块石头,用利器在下面刨。我觉得我手腕子都快断了,好不容易倒出个洞,我把红绒面的老鼠棺椁放进去。遗体告别仪式举行得很仓促,因为总有狗打我身边过,狗的眼神里透着疑问,那意思"你蹲着干吗呢"?为了防止我前脚走,后脚有盗墓的来,我把自己想象成一只壮年狗,埋好了再刨着试试,直到认为没人帮忙狗自己是无法盗墓的,才说了句"安息吧,有事托梦",走了。

陈完美心情沉痛是可以理解的,我那俩耗子才养了四天就纷纷归西了,她家的狗已经跟她共同生活了十一年,文学作品里经常感慨"人生有几个十年"。陈完美家的狗很老了,因为太留恋人世,平时光吃好的,所以到了老年"三高"了,胖得走不动路。陈完美那么有爱心的人,在她心里生命都是平等的。所以,她买了辆高级童车,每天把肉赘得走不动路的狗抱进车里,围上被子,在小区里来回推。说实话,我只在小区里见过这么推着老人和孩子的,还真没见过推狗晒太阳的。

可是终究是一条"三高"到一定程度的狗,忽然有一天,胖狗的心脏病又犯了。什么症状陈完美没说，大概是不想再去回忆。她第一时间带着患者奔宠物医院急救，可是，陈完美极度伤心地说，途中狗就因心衰撒手人寰了。

　　她家的狗，如果站起来，上公共汽车绝对够打票的高度了，那样一只大型犬，而且还一身的肉，抱着就跟抱个人似的。陈完美当然更无法在家用煤气炉实施火化，跟我一样，扛着铲子锄头满小区找墓地。好在陈完美家住别墅区，地大物博没物业，她找了块风水不错的绿地开始挖，地很硬，她说她胳膊都快断了。阿姨在旁边哭，怀里还抱着用被单子裹着的大胖狗遗体，此时无声胜有声，陆续旁边围了好几个人，都以为这俩女的跑这儿刨地要埋死孩子。

　　陈完美终于用大半天时间把墓地挖好了。狗的遗体告别仪式比耗子隆重多了。陈完美将狗放入坑中，嘴里说着感人肺腑的临别寄语，最后撒玫瑰花瓣的时刻，她把被单子打开。在众目睽睽下，露出了一张狗脸。这时，人群才逐渐散去。

　　新年了，我们用这样的方式辞旧迎新，化悲痛为力量。

猜闷儿解腻味

没话找话说的时候我特别喜欢别人拿来的各种小测试。有时候是杂志,有时候是打印纸,一看就有备而来,跟招聘员工似的。我前几天做了个跟算命似的测试,认真仔细像模像样地答了一些,诸如晚上没电,你是点蜡烛,还是开手电,还是在黑屋里待着等等特别大众化的问题,以及保持何种性关系等敏感而绝不能觍着脸在卷子上画钩的问题。最后,结果让我大吃一惊,说我是糨子性格,也就是在人群中起到黏合作用,把什么乱七八糟的人都能往一块儿团结,同时,脑子糊里糊涂,感受力差所以情绪稳定。

让我填表的人拿着我的卷子一通儿分析,最后问我:"准吗?"一般别人这么问的时候,我的内心立刻迎合。尤其最后那条,因为感受力差所以情绪比较稳定。说得我跟傻子似的,不过，我确实遇到措手不及的事的时候从来不慌张，倒不是因为沉着冷静，实在是因为我想破罐破摔爱嘛样嘛样得了。

前几天一群朋友聚会，说是有人精通塔罗牌，可以给大家算算爱情运势。我觉得，都这把岁数了还算什么爱情啊。要真有爱情，也全都是婚外的。但这个话题似乎很吸引人，一群平时把自己说得特别忙，形容得跟个成功人士似的人全到了。几大位中年发福的男男女女围坐一圈，抻脖子等着一个跟大仙儿似的家伙数落。简直太欠了。

我们还特别喜欢互相问"你什么星座的"。没有白领上来问"你属什么的"，那是大娘干的事儿，明着问人岁数，太赤裸裸了。而且他们善于分析，你性格什么样的，命运大体如何，身体有什么小恙，应该找什么星座的配偶，说得有鼻子有眼儿的。成人的小把戏还是很管用的，我记得特别清楚的，都是那些跟大仙儿似的家伙。

所谓信则有，不信则无。很多活了半辈子的人，纷纷换名字，有的都叫一个名字三十多年了，忽然被高人指点，花好几百让一八竿子打不着的陌生人把自己名字改了，还特别感激，郑重地向大家宣布，以后必须叫新名字，因为大师说了，名字只有叫的人多了，才能起到好的作用，职业前途一路顺畅不说，还能要什么有什么。你能不叫他新名字吗？不能成心跟自己朋友过不去,那就有点缺德了,是看别人即将梦想成真眼红。

我就因为一直不愿意叫一个朋友的新名字还把人家得罪了。她名字里从名到姓全是多音字,而且跟绕口令似的。我觉得经常呼唤她的人都能让进曲艺团的梦想成真。怎么都觉得好好一个名字让她自己给拿外号取代了,可是她说她在网上算了,绕口令名字九十九分呢,而父母给起的名字才二十多分。你说又不是考试,这分儿有什么用呢?

忽然觉得,我们每个人都跟大仙儿似的。我们不信任自己,也不信任别人,我们信任"娱乐节目",最近新闻里说很多要结婚的青年男女相约去心理诊所接受催眠治疗,人家说了,把我迷倒了随便问,有的是想证明自己光明磊落,没做见不得人的事儿,有的是心生怀疑,想问出点自己不知道的对方隐私。

赢得信任的手段越来越高级了,我们也变得越来越八卦,大量的时间用在猜闷儿解腻味上。

女人花

春天里,那个百花开。昨天回家的时候,被一个女孩一把拽住,要不是她打扮得跟女米老鼠似的,我以为是劫匪呢。女孩问我平时做不做美容,作为一个女的,我真不好意思说不做。就只好昧着良心说做,但因为最近比较忙顾不上。这话可捅了马蜂窝了,女孩一边摸着我的胖脸巴儿,一边怜惜地说:"女人啊!"我心话,这闺女有病吧?

然后女孩板着脸,跟个大仙儿似的,在我脸上戳,让我想起了小时候的游戏:"点点点牛眼,牛眼花,七个碟子八个瓜,不是别人就是他。"她说,眼睛附近的雀斑,会制约你的感情发展,这都是伤心痣,脸两侧的制约你事业的发展,你下巴上的影响身体健康。我立刻制止了她,信着她这么说下去,我得立马打120。我悄声问:"你是算命的吗?"她笑脸相迎,跟变戏法似的打身后抽出张传单:"我们迎'三八',对女性朋友推出的优惠活动,办年卡三千八,多合适啊。"这得多大的道行算命那么贵啊,我一看传单,好么,敢情是美容。

我亲妈都没像她那么担心我的前程和终老问题,一美容院在这个全世界女人都过节的坎儿上,向我发出了优惠的邀请。当然,是个女的打那条路上过,她都邀请一下,显得和谐,没偏没向。

要不是她这么死乞白赖地重复"我们女人自己的节日",我压根对"三八"没有概念。而且都不知道从什么时候开始,"三八"这俩字,不代表对女性的赞美了。所以我觉得那个把着路口逮谁给谁算卦的小姑娘就挺"三八"的,她还满口"咱女人自己的节日",我一点没有打算跟她一起过的意思。送她一副上联:女人何苦为难女人。

不过说起妇女节,我满脑子就是集体跳绳。刚上班那会儿,一快到妇女节就让各科室报名,呼吁广大妇女同志参加各种游戏活动。为了不在办公室坐着,是女的就报名,项目可以随便安排,其实就为了站一块儿扯会儿闲白儿。我被分到了集体跳绳组,尽管还有托乒乓球竞走、拔河、俩腿夹球往前蹦等项目,我还是被分到了集体跳绳组。说实话,单人跳绳我都蹦不起来,别说集体的了。那绳子一甩起来,跟旋转门似的,看着我就害怕,根本没勇气往里钻。为此,后面的女同志很不满,认为我阻碍了革命道路,毕竟有好几群女的在比赛呢。她往前一推,我就进去了,但因为蹦的时机不好,绳子直接把我眼镜抽飞了。队伍里迅速跑出好几个好心妇女,跟逮蛐蛐一样给我捡眼镜去了。你说你直接拿起来不完了,非得拿手抠,眼镜虽然有俩腿儿,可它不会蹦啊!

这是我"三八"节的噩梦。我那副眼镜好几百配的呢,愣被抠碎了。

后来,我坚决不参加任何比赛了,我宁愿在大喜的日子里,坐办公室闷头苦干。

作为女人,我们也会收到各种礼物。比如,洗衣粉、肥皂、洗头水、洁洁灵、卫生巾、洁尔阴,每一样都体现着女性的光辉,全跟洗刷刷有关。商家对女性的青睐体现在各种优惠活动上,美容、化妆品、内衣什么的看见女的就往里拽,那意思,爱自己要从现在开始。

其实,所有的节日都在自己心里。用自己的方式迎接每一个红色日子吧。

生日礼物

换办公桌，清理那些快要散架的抽屉。我才发现我是一个特有存兴的人，十几年前的报纸、工资条、名片、采访本分门别类放得特别清楚。那东一抽屉西一抽屉塞的，不是废品，是我的青春。这么一想，我差点掉下几滴眼泪。要不是白花花坐在我对面叼着烟卷，特别无动于衷地时不时来句"那么几个破抽屉，你怎么就收拾不完呢，太废物了"，我得拿我黢黑的手捧着她的胖脸，让她看清楚我没点眼药就会哭的演技。

那些采访过的人，那些编辑过的版面，那些用过的笔名……抽出一些实在舍不得扔的旧报纸，放进新抽屉，封存一个新的十年。时光轻盈而去，我呆坐在电脑前，看着干净的桌子和对面抽着烟的胖女人，我们已经保持着这个姿势坐了整整十五年，甚至更久。

因为当了太长时间的朋友,我非常严肃地跟她强调,必须在我过生日的时候给我送礼物。而白花花什么时候过生日,我们谁也不往心里去,因为给她过生日的神秘嘉宾太多,我们很自觉地不去争宠。我作为一个老大不小的中年妇女,回回过生日离老远就得自己主动张罗,要不,他们真能当不知道。经过常年的训练,白花花非常有记性地在春暖花开的季节,经常出其不意地问我:"你该过生日了吧?"跟大雁似的急着回来。弄得我要不过,都怪不好意思的。所以,我接下来非常厚脸皮地找她要礼物。

白花花其实是一个特别没情趣的人,她最怵头就是送礼,这女人的性格很像扈三娘,为人刚烈,连抹口红的动作都跟是最后为组织执行任务似的,每一下都表着决心,毅然决然。我就不明白她为什么要把自己嘴唇抹那么红,太鲜明了,像做记号。

可白花花每次都出手不凡。在我生日的当天,她能把全天津最庸俗的礼品店转一遍,只为了买一个能让我忘不了的礼物。我记得最深的一次是,她跟快递似的满头大汗进办公室,然后把斜挎的书包往桌上一扔,跟要打架一样,然后半条胳膊伸进大书包,哗啦哗啦在里面瞎扒拉。最后,掏出一个巴掌大的吸血鬼,紫色的,还长着绵羊的犄角。白花花气喘吁吁,对过来围观的人解释:"她多刁啊,我把天津市都转遍了,才找到这么个怪的。"那一刻,我掌心里,是一个多么柔情似水的鬼啊。因为它长相实在太特别了,我只能把它头冲外,塞进一个闲置不用的空调管子里,达到镇宅的作用。

在我生日的那天,白花花总是打着这个旗号进行一日游。那些不着调的东西,也不知道她怎么淘换来的。因为我在单位丢杯子跟丢圆珠笔一样频繁,放哪儿总是活生生给忘了,她决定送我一个扔哪儿都有人给我往回送的杯子。那杯子造型太特殊了,是一个女的,大波浪的头发做成了杯子盖儿,身体印在杯子上,穿着黑连衣裙。白花花说:"你往里倒热水!一烫她就脱衣服。"我兴致极高地去接了杯开水,倒也没都脱光,该留的都留着呢,杯子很刚烈地没被潜规则。但这神奇杯子的秘密一经传出,招来很多看我喝水的。在那一个月里,我跑厕所的次数明显增多,而且舌头被烫伤多次。

今年,我又把白花花逼上了创新的道路。想象力枯竭的她皱着眉头问我:"请吃饭行吗?你说几顿就几顿。"我摇了摇头:"吃饭,对得起咱俩对望十五年吗?人生中有多少十五年。"白花花很无奈地开始骂街。但我知道,她又要去一日游了,就跟欠着我似的。

那些所有稀奇古怪的礼物,是友情的纪念,是埋藏在岁月里,已经习惯了的感动,不给不行。

辑三

打一晃儿

❞

　　各人有各人的心事,就像有人美得如花似玉也有怨言,因为她觉得一朵鲜花最大的苦恼是,好牛粪上都插着花呢,不好的牛粪太稀,根本插不住。于是,在鲜花与牛粪之间,各种版本的故事就开始上演了。

　　有人就像龙套演员,哪个戏里都有他,不为出名,就为露脸。如果人生就是一部电视连续剧,那这些人就是时不时蹦出来的广告。偶尔,我们自己就在充当这样的角色。打一晃儿,冒个头。

　　很多细枝末节的小插曲就在这广告时间里上演了。边演边看,心花怒放。

你高潮给谁看

一把被特别贤淑的女同事拉住,轻轻问我:"世界杯几点啊?"我回头说:"凌晨四点。你还要看球啊?"她惊讶于太早,赶紧摇着头说:"有人约我去酒吧看球,我没想到是在睡觉的点儿。"我目光涣散地说:"还是坚持把觉睡完吧。咱都该养生的岁数了。"

环卫工人该打扫街道的点儿,抛家舍业地坐在酒吧的椅子里,跟一群同样抛家舍业的人摩肩接踵满身臭汗地看大屏幕,还得花钱喝点儿小酒,你这么熬着没加班费不说,房梁上挂的那些个旗帜里连咱国家的都没有。可年复一年,每届世界杯我们都怀着让世界充满爱的高尚情怀看球。就算不懂,也都装作热情高涨,也得喊,也得碰杯,转天也得找人聊聊那谁踢得怎么样,那谁长得怎么样。你高潮给谁看呢?

在巴西世界杯尚未到来的时候，远在一万八千公里之外的中国就开始提前"热身"了。你看看那些站牌，那些随处可见的户外广告，还有层出不穷的跟充话费赠的似的三十二个身材热辣穿着三点式改良运动服抱个足球搔首弄姿的少女，我总癔癔症症地认为我们是东道主呢。我特别诚恳地问过一些身边的球迷，他们真的是经常占人家中学的场地踢球，腿都快踢残废了，当我问他们为什么看世界杯的时候，她们说："看热闹呗！不是大家都得看吗。"以一种看热闹的心态熬夜，这闲心得多大呀。

一个朋友回忆起上届世界杯的时候，她老公怕影响她和孩子睡觉，跑酒吧看球去了，大概离上班的时间尚远，想着回家睡会儿觉，结果钥匙开不开门，他觉得他媳妇生气了，也没敢使劲敲门，就在楼道里找了块纸夹子垫身子底下睡着了。等楼上楼下的脚步声把他吵醒，哥们开始砸门，归齐开门的是别人的媳妇。他家在二单元303，人家愣是在一单元303门口卧了好几小时。我觉得，世界杯得给中国的这些粉丝颁奖。整个人生都上境界了。

男的这样可以理解，本来足球就是男人的运动。女的，我就很难理解了。女的以看不懂球为荣，以看帅哥养眼为口号，好像在这节骨眼上，不作为花痴出现就不正常。平时多斯文、多贤妻良母、多甜美的闺女媳妇们忽然都跟吃了春药似的，开始传阅世界杯上可能出现的男神照片。她们平常不这样啊！她们口味没这么丰富啊！她们平时除了海淘，都不谈男的！

世界杯期间，每天有大量型男的照片发在朋友圈或者微博上，似乎她们半夜不睡就为了看这些跑来跑去其实很少能目睹正脸的男神们。可这些男的跟她们有啥关系呢？看球，还真不如每天在各种屏幕里看看男神们穿内裤秀肌肉，或者西装领带人五人六的样子呢，就当欣赏男模了。

说实话，穿上运动服，再帅也不显眼了。摄像机录的是踢球，又不是拍电视剧，很少给脸部特写。可即便这样，依然有一些女人热衷看球，或者热衷在男人堆儿里一起扎着看球，时不时说几句脏话，时不时仰脖子喝口啤酒，时不时让边上的男人给讲讲屏幕里那些男的到底是怎么踢球的，当然，时不时还得评论一下踢球那帮人的长相。闺女，你累了，还是借个肩膀靠一下吧，你要的是不是这个呢？

世界杯，没中国嘛事，但我们最热闹，跟自己家办喜事似的。如果世界杯是一张床，你高潮给谁看呢？一夜尚可，夜夜笙歌咱这亚健康的身子骨受得了吗？还是踏实睡觉吧。明天还得上班呢。

丢东西也要看运气

我赶上的丢人的事儿不少,丢钱的事儿也总是接连不断。我第一次丢钱,都不知道怎么丢的,要不是小偷很人性化地把身份证用一个破信封给我寄回来,我压根没意识到丢东西了。丢钱是分析出来的,因为据有经验的失主说,我肯定是连钱包一起丢的,当时没太好意思说,我根本不用钱包,就因为怕丢,我一般就把钱装在包的侧兜里,用的时候现抓。估计弄不好,我是没管住别人的手。

后来又丢了一次,也是想不出怎么丢的,跟变魔术似的,我身边压根没人,可下车的工夫好几千就从包里消失了。那时候,我用钱包了,又搭进去好几百。我站在公共汽车终点站自言自语"我身边没人呀"。

因为钱都不是我主动扔的,所以意识到没了也没什么机会怨恨，天灾人祸认倒霉。

前几天，我参加了一个婚礼，傻子似的还在座上跟着瞎起哄，但明显人家那典礼很肃穆，特安静，我一嗓子出来自己都想抽自己俩嘴巴子。到了谢父母恩的时候，主持人很煽情，跟倪萍似的，说几句就开始哽咽，在他营造气氛的引导下，女方妈妈开始抹眼泪，闺女一看娘都哭了，在台上也开始小声抽泣，新郎心一软，跟着掉起眼泪，俩人在聚光灯下，像俩犯错的娃娃。那叫让人心碎。台下俩妈妈没料到有这环节，开始拿手背擦脸，后来有服务员端了一盘子餐巾纸。

我被朋友拉着出去透透气，绕到旁边的小区坐在椅子里闲聊，那厮说上主菜时再回去，我们俩就跷着二郎腿看空地上一个大爷练武术。要说一般都事赶事呢，有哪个大爷赶饭口练武术啊，可我们就碰上了，而且大爷停下来擦汗的时候还跟我们瞎搭咯，非说我适合练武术。我这还大眼瞪小眼呢，大爷就教上了。那朋友起着哄，我仗着酒劲摆了几个架势，小学体育课咱也是练家子啊。

舒筋活血养生开胃后，我们奔主菜就去了。吃完最后一道菜，寒暄道别开车回家。可停好车，脑袋突然就大了，因为车里没包。我脑子都木了，轰鸣之后开始回忆，一直追溯到练武术，我摆花架子的时候让那朋友看着包来着，可后来她也练上了。电话急急地打过去，那厮也慌了，说没拿，而且走的时候愣没管。

一想到我钱包里那些证件和银行卡，我都想撞墙，中什么邪了非跟一老头练武术？电话里我跟那朋友分析，这就是一个套儿，结论为老头不是好人，那厮用十分钟骂了人家祖宗八辈。然后想怎么挂失，怎么把损失减到最小。我守株待兔地想，拿包的会不会把钱拿走，包寄回来。那朋友断然让我别做梦了。

到处哭诉的电话都把手机打没电了，人也越来越绝望。手机最后响了一下，灭了，彻底没电。这时候，我发现自己的银行卡号我一个都不知道。回家都后半夜了，充上电，怀着等待要撕票的人给自己打电话的心情，按着按键，把那个未接电话打过去，管他是不是骗话费的呢。

归齐电话里有个年轻的声音接了，而且说出了我的名字，我直接问："你捡着我的包了吗？"对方说是，说遛狗的时候看见的，等了半天没人，就回去翻包看见了我的名片。

我兴奋地午夜飞车去取包，周笔畅在电匣子里祝我好梦，我哪儿睡得着啊。真的有人拾金不昧，让我给赶上了。

还是忘年交靠谱

科学家近日发现,成年男子失去大部分好朋友后,在快到五十岁的时候将迎来友谊的"黄金时代",这个时期的人简直像片沃土,肥多少年前早就沤进土里去了,无论撒什么,都能种瓜得瓜种豆得豆,收获率极高。科学家还分析了跟这些人忘年交的原因,他说:"与我们在中学或大学时结交的朋友相比,这些人与我们之间的竞争更少。"

翻开武侠小说,尽是这种光占便宜不吃亏的忘年交,背把剑要着饭一路走,看见谁功夫高就跟谁义薄云天,那些老大侠们都挺好为人师的,别说教功夫,那些卷了边的武功秘籍也拱手相送,更有想得开的,连自己闺女都能给你。所以你看江湖之上,武功盖世的少侠都是忘年交的结果,他身后站着很多乐于奉献的老头儿。忘年交的安全系数远高于跟同龄人拜把兄弟,流传下来的故事里尽是兄弟反目自相杀戮，甭管为女人还是为朝廷，说翻脸就翻脸，连思想斗争的时间都不留，可见，磕头这种形式多少不大靠谱。

与人交往就是一种热量兑换的过程，想在同龄人中建立拔刀相助舍己为人的友情关系如同自己点煤球炉子，首先你得有地方买煤球，其次还得知道怎么生火，屋里暖和的同时你还得加着小心，因为没准儿什么时候一疏忽还得被往高压氧舱送。而忘年交，就是一台微波炉，接上电源，高火转上几分钟，甭管进去多凉的东西都冒着烟儿出来。

现代人善于构建人脉，万金油似的人很多。但大家还会在一起惆怅朋友太少了，连那些粉丝众多的名人也在感慨交不到真心的朋友。要按科学家说的，大概是咱找朋友的年龄段儿出了问题，回头咱也多找点年过半百的。五十年要磨一块铁都能生产一堆针，这人估计有什么棱角也早平了，人会变得更宽容豁达，为忘年交打下靠谱的基础。

老少同乐，这大概是未来人与人之间友谊发展的新趋势。

机会就是人际关系那瓣儿蒜

我最讨厌"等机会"这句话,透着一股撞大运的意思。不过,你又不得不承认,有时候人生就是一场撞大运的游戏,只不过,有时候运气太差,把霉运碰到了。我们如同那个站在转盘前面拨动指针的人,眼睁睁盯着指针在特等奖那儿一晃而过进入第二圈轮回,然后我们连心都会跟着使劲儿,默念"停!停!赶紧停!"也没准儿,错过了欧洲游,还能落袋牙膏,总比什么都没撞上幸运。

大多数时候,我们不知道机会在哪儿。捉迷藏似的,被蒙上眼睛往前一推,你不知道方向在何处,游戏已经开始了,你只能靠手摸,靠耳朵听,辨别的意识很模糊。我是个随波逐流的人,坚定不移地随大溜儿可总是被大溜儿甩下。

我记得我初中上了三年,临初中毕业的时候老师才发现班里还有我这么一号，因为我从来不迟到，也从来不早去，上课不捣乱，也从来不举手。学习成绩不怎么样，但也不至于留级。反正因为普通，跟机会就没什么碰撞，好事坏事老师压根儿想不起我。

在全中国人都认为会计最吃香最好找工作的时候，我也一脑袋扎进去了，但毕业以后才发现学的那点东西纯粹为了混文凭，跟实际操作几乎没有一点能接轨的地方。不过那时候，我随着大溜儿闷头考试，什么计算机考试，注册会计师考试，也不知道干什么用的，反正都报名我也报。那时候从来不想机会，只要别人都赶上的别把我落下就行，我倒不敢想，别人都碰不见的让我给撞上了，那估计撞上了也不是什么好事。

我没什么欲望没什么想法地活着，在毕业后的几年，觉得太没劲儿了。因为在财务科的里屋，我每天戴着套袖，耳朵里塞着耳机听靡靡之音，手底下不紧不慢地做着报表。有时候，指头尖蘸着水，昏天黑地地点钱，那是几千人的工资。这样的日子几乎让人绝望。我开始像怨妇一样抱怨，今天来看，抱怨为我赢得了一次改变命运的机会，当年那个在报社的老师说："你干新闻吧。"这句话就是点睛之笔，我脸上那俩黑窟窿里立刻有了神采。

我每天推着自行车，随便找一条路，见单位就进，直接找人家办公室主任,进去就自我介绍,说自己是报社的实习生,问人家:"您这儿有什么新闻?"搁现在我都没这么脸皮厚,可那会儿因为没有退路了,没新闻稿就交不了差。我觉得,简单的人似乎容易被人接受,当年也没人觉得我是骗子,我的新闻道路就此展开。会计证、职称证、财经英语考试证书全让我扔鞋盒子里去了,这条路本姑娘我从此不走了。

当时觉得人生美好画卷展开了。十年之后,当我把这画卷裹起来之后,再看以前那条路,看见当年一根线上的蚂蚱们,开公司的、当了官的、舒舒服服做着公务员的、开会计师事务所的,也很叫人羡慕,而这一幕幕,在如今的眼里又成了炫目的画卷。

对于"机会",我更喜欢"机遇"这个词,后者是顺其自然的,我赶上了,所以是我的。可机会不一样,是谋出来的。有个朋友语重心长地说起他悟出的职场感言,这哥们儿说:"机会其实很好控制,总的来说就是站对队伍,跟对人,当好服务生,你就能往上爬。"当然,他原话里说的不是"服务生",那是我给翻译过来的,因为原话虽然更贴切,但太难听了。不过想想确实是这个理儿,无心插柳柳成荫的事儿太不现实,柳又没成精,非往一块儿扎堆长干吗呀?

机会大多是被自己和别人设计出来的。得算计得争取得动脑子，首先你得有那个心智。天上不掉馅饼，万一你真赶上了，估计也是谁在楼上阳台吃着的时候嘴一松，给掉楼下去的，整砸你脑袋上。

你还得知道自己需求的是什么，过这村没这店的遗憾是你认为那店对你有用，要是你出来打酱油，遇一文具店，你连斜眼看都不会看一下，你得找个有副食店的村子。所以，如果有人生规划的脑子，你就自己想法争取机会，如果跟我似的总是拌不开人际关系那瓣儿蒜，干脆等着撞大运得了，太极里还有以不变应万变的招数呢。

太会聊天儿了

　　我一哥们儿很会聊天儿。什么话都直接,绝不做任何思索。我怀孕那会儿,整天无所事事,最大运动量就是去河边公园赏花观草,听一群大爷唱京剧。住院挨刀前,我又河边逛悠去了,这哥们儿跟他老婆打老远就喊:"那怀孕的,那怀孕的!"跟我没名字似的。然后奔过来就说要跟我合影,他老婆举着相机,那哥们儿笑容可掬站我旁边说:"赶紧的,这可是我跟小柔生前的最后一张合影了,有纪念意义。一会儿我给你们也合一个。"不带这么咒人的!

　　有回聚会,乱哄哄一堆人,我最怵头这样的大场面,有头有脸的身边围拢一圈人,我们这些倍儿不入流的,跟孤魂野鬼似的,眼睛里看不见人,奔饭去的,跟平时多缺嘴儿似的。我吃饱喝足,刚落座歇会儿肚子,三五成群的也都落我边上了,我那哥们儿不知道打哪儿钻出来了。我的眼哗啦就亮了，可有人跟我说句话了，我还没张开嘴，那哥们儿就抢答上了："这里的人，一半儿人我不认识，一半儿人我不想见，白来。"太让人窝火了！

有个朋友钱烧的，打算投资干点嘛，而且他好热闹，想弄个大家平时能小聚的地方，让我们帮他分析市场前景。我们本着杀富济贫的心愿，较劲脑子想自己家缺嘛，建议他开个典当行，能把我们那些破衣服烂袜子拿他那儿去换钱。但这朋友不开窍，思考得很拘谨，饭馆嫌麻烦，说想开酒吧，但又怕没人去。我说："不能够，只要你不要钱，我们天天让你店里人声鼎沸。"一憋了半天的公务员朋友说："你可以效仿北京，开个同志酒吧，放点同性恋电影啊，准火。"为了不让我们去蹭吃蹭喝，亏他想得出来。那哥们儿开口了："您别张罗了，回头别人再怀疑您性取向，觉得是您没地方去了，非让干这个。"拦得太及时了！

我就喜欢会聊天的人，一句接一句跟吃馒头似的，没准哪句就把你噎在那里。就是因为太爱聊了，太有观点了，要有导演找他们演傻子，都得让人觉得这是一个有观点很特别的傻子。没准儿哪天，我也能修炼成精了，因为这些人整天围绕在我身边，想学好难，但要学坏容易着呢。

习惯成自然

我很相信"境由心转"这词儿。一哥们儿本来是奔超市去的,路上一直堵车,他越待越别扭,忽然不知道哪根儿筋短路了,特别强烈地想干脆买房结婚得了,不跟女的耗了。愣把车随便一停,在售楼处待十分钟订套房。他为了显摆自己的壮举,到处打电话,到我这儿,估计已经实在没人可告诉了,语气平静而低沉。我大惊,"你那么有钱!"那哥们儿说:"有屁钱,买房子就跟挑老婆一样,睁一眼,闭一眼,这一辈子就过去了。"他还挺有自信。以前结婚想的是天长地久,现在一般考虑的是能撑多久。想交代一辈子,太乐观了。

昨天看费翔演唱会,这么规矩绅士一男人满场忽悠男人不坏女人不爱的大道理。那意思,都什么年头了,怎么连一点儿"流氓"意识都没有呢。我一个结婚狂女友,到处让我们张罗对象,若干月前，被介绍了一个大学教授，据说人还挺顺眼的。俩人白天黑天的柏拉图式勾搭，前几天看电影，散场后，女友大呼小叫，居然还是在大马路上。"他耍流氓！"我耳膜都快穿了，我说你这么个喊法是在报警吗？

但这几个字明显勾起了我的好奇，我当即开车就出现场了。我的女友一个人坐麻辣烫摊儿上正蘸着料往嘴里塞呢，看那食欲内心就没受刺激的迹象。我笑着就过去了，"姐们儿，怎么个意思？"女友麻酱都滴答胸口上了："你来就没安好心，想听哪出吧？"我立刻来精神儿了，马上答："就你说耍流氓那段儿。"

女友说："他趁黑抓住我的手说，让我晚上住他那儿去。"我问："后来呢？"她说："完了，就这段儿！"用眼睛狠狠看着我。苍天啊，太对不起我的油费了。这节骨眼，来了好几位，肯定都是她第一时间给喊来的。然后一群人，半蹲在麻辣烫的摊前，分析那教授的行为到底是否过激。

我以前认识一大姐特有钱，总有男人跟她那儿送秋波搞暗示。我那会儿比较无知，问人家这些男的会不会只图她的钱。那大姐说："你知道吗，我最怕的不是男人图我的钱，是我根本没有让男人可图的东西，这才可悲。"我当时很不理解，当晃悠地自己也到了当年那位大姐的年龄方悟到她的感慨。其实，搞对象，总要图点什么，财，貌，权，才，或者还有其他。就算

> 吃饭，对于现代人，是社交的一种手段，寒暄的陪衬，眼睛横扫多半是在察言观色，给自己往嘴里喂食是一时没想出应对的话。虽然坐在饭桌前，有几个人知道自己吃了什么呢？我们不仅忽略了那些美味，也忽略了自己的胃。吃饭不是我们的目的，只是我们的手段，我们的心里打着其他小算盘。

"

我们像盆景一样留恋我们的花盆,隔几年被人从花盆里拔出来『撅撅根』,再换个大点儿的盆。留恋跟记忆纠缠不清。直到现在家里的长辈还经常说起『以前』,以前我们住的地方、以前路上的情景、以前的人和事。那些都是埋藏在城市里的东西,已经像烂毛线团一样打着无数死扣,你想解是没门儿了。

收废品的，还得捡能倒手的敛呢。

经我们一分析，那位结婚狂女友当即决定继续跟教授交往，可在我们众目睽睽下，她频频拨出的电话人家给挂了。我结了麻辣烫的账，跟这位胸口上蹭着麻酱、刚与一段没开始的情缘告别的女友回家。一路无语。

人生有太多的事情是我们不能左右的，有些事，我们明知道是错的，也要去坚持，因为不甘心；有些人，我们明知道是爱的，也要去放弃，因为没结局；有时候，我们明知道没路了，却还在前行，因为习惯了。

最终也不知道这习惯是害了我们，还是救了我们。

强悍到一定程度的友情

我发现自打天暖和，我饿的频率明显加快。成天坐着，就跟去工地扛长活了似的，要是一天不吃个五轮六轮的，我觉得我得犯低血糖。阿绿放话让我放心地长，她说只要我能长到一百四十斤，她绝对要长到一百六十斤，留二十来斤让我找到自尊。我吧，刚吃完一老大的，带馅的面包，可是，还饿。不敢在办公室声张，因为我把别人那份也吃了。

人心情不好也容易饿，我只能这样给自己找借口。

我唉声叹气的时候，赵文雯从来都很冷静地说："你又犯病了。"我要是还不打阴郁的情绪里出来，赵文雯就会接着说："你还犯起来没完哈！"威胁的语气，好像我偷了她东西死活不拿出来似的。

人有的时候就是鬼打墙，进入一个情绪死活出不来。我前几天刚刚被一个要建人脉的朋友拉去蹭饭,而且蹭饭的地方很特殊,去洗浴中心。我满脑袋直掉问号,我特别推心置腹地说:"那是正经人去的地方吗?洗特干净,热得脸上褶子都抻开了套近乎,这算坦诚相见?"就单拿吃饭这事儿说,澡堂子的自助餐再高级也是搓澡的味儿,男男女女穿着一样的衣服营造的是什么气氛啊。那朋友一瞪眼问:"你去不去吧?别扯别的。"这句话把我噎的,去与不去都已经把人得罪了。我就选择了不去。

这事儿刚完,打开电视又看了个特别忧伤的节目,把我心情闹得格外不愉快。中午也懒得吃饭了,赶巧赵文雯来电话。她就这样,单位再忙也时不时查查我的岗,上来就问,干吗呢,你要说吃饭呢,她就得问,吃的什么呀,噎着你没有;你要说没吃,她就得问,为什么没吃啊,是不是倒霉催的。她以这样极不着调的态度来说明我们关系很好。可是,我很纳闷,她怎么对她男人不这样呢,关心我跟关心贼似的。

火候就怕撞枪口上,别以为我什么时候都跟听见掌声就得上场抖包袱似的,凭什么随时准备你点我播啊。当她把到处扫听来的各路同学八字没一撇的绯闻说得跟情景喜剧一样,我只打鼻子里哼哼了几下,表示我不是个聋子。她还挺生气,人就是这么贱,当我把没去澡堂子的事儿一五一十跟她说了,我刚要后悔,她的话茬子已经接上了:"你怎么什么人都当朋友呢?

咱都是打鱼的,开着渔船往海里撒网。我们知道自己要什么,想逮螃蟹就不要别的,或者把小虾米小鱼乌贼什么的扔了,起码知道择择。你倒好,一网下去,有什么算什么,都是好的,全要着。"我赶紧解释:"我没去啊。"赵文雯更来气了:"打小看过寓言故事吗?那些脑子进了水的,都是说你的。"

她的话就像一块用旧的抹布,看着脏,其实把桌子擦得还挺干净。

生活需要设计,仿佛故事。

忽然觉得,这些跟栅栏门似的戳在我人生院子里的朋友,很温暖,尽管他们用尽了看似歹毒的语言来弘扬我们彼此强悍到一定程度的友情。其实,人的脆弱表现在不能听好话。我觉得再多误解伤害困难坎坷痛苦等等像机关枪一样同时向我射击,我都可以咬牙摽住个墙头或者枯树坚决不倒下,不喊疼。可是,最受不了硝烟散尽的嘘寒问暖,尤其受不了那俩字:"别哭!"能把一肚子眼泪都给勾出来。而我那些知冷知热的兄弟姐妹们,时光悠悠青春渐老,还那么好。

有时候生活就像一场接一场的战斗,要不停地提醒自己,轻伤不下火线。好在,壕沟里还有战友,中枪了,我们依靠着还能继续坚守,我们是彼此的左膀右臂。让子弹飞吧,不怕,还有我在!

一本书的缘分

看书,是件很孤独的事。因为无论你用什么样的姿势,在什么地方,都是自己看书。书就是你一个人时的伙伴。很喜欢坐拥书城的感觉,那些封面,以及里面的文字,是闪烁的表情,有时候,把那些新书摆在脚边,一本一本拿起来端详,能遇见欣喜,遇见感动,遇见知音。当然,也能遇见反感,遇见不屑。书,像人一样,站在你的旁边。只是,它们更加简单,你可以把喜欢的插在书架上,把不喜欢的放到纸箱里。

当你满心装着阅读的喜悦的时候,会想到与别人分享,就好像你碰见了一个特别好玩的朋友,一定要把他的趣事分享给大家一样。在一个特别安静的时间里,有个朋友说起他的梦想,他说如果这个城市里有读书沙龙多好啊!"多好啊"三个字迎着阳光,像一个人脸上的笑容,让你不由自主地想向他走去。

于是，我们有了悦读会，有了像模像样的一个读书沙龙。几个志愿者坐在一起的时候，总让我想起学生时代的文学社，那时候除了热情什么都没有，而现在，我们除了热情，有好书的陪伴，有一群喜欢读书的人。推门进去的时候，总觉得已经与世隔绝了，空间里只有那些遇见的喜悦，人与人，人与书。

我们的悦读会每个月只有一次，因为大家都有各自的工作，所以，这一年十二次的聚会显得无比珍贵。很多的场景，都恍若走回了学生时代。有一次志愿者要碰选题确定邀请嘉宾和分享图书，可那天风太大了，我们钻进了一家快餐店，一个哥们儿从包里掏出了几袋速溶咖啡和一罐茶叶说："我去要几杯热水，你们等着。"尽管我们大呼："你别丢人了行吗？我请！"但他还是一个箭步出去了，一会儿，真端了好几杯开水回来。我问他怎么跟人家说的，那哥们儿说："我就说，多来几杯开水，有人要吃药。"我都快笑残了，谁吃药拿开水往下送啊。而且，速溶咖啡这东西先放水后放料儿，真不是味儿，都不带化的。

有两口子都被我拉来当志愿者了，跟征兵似的，谁不来还提前跟我请假，后来，女方升职要管整个公司的运营，她跟我说："公司太忙了，你要没地方搞读书沙龙，我提供地方，有需要打印的设计的事，我负责，投影仪要没有就从我这儿拿。读书是多有意义的一件事啊。"

意义。其实我们已经很久疏离了"意义"的概念。只有，当那些人，从很远或很近的地方汇集到一起的时候，看见他们脸上的微笑，看见他们熟人般地站在我面前说："这活动太好了，下次什么时候，我一定还来。"站在这些约定下面，我仿佛在经历一次深情的拥抱。

有一位叫美芽子的朋友，她居然能把我的八本书的内容一字不落地背下来，而且能用天津话说书般地演绎，她的暖场成为悦读会每次的保留节目，回回我都站在她旁边，跟所有的人一起可劲儿地笑。那些文字从她嘴里出来，像精灵，跳跃在大家的面前。

我特别喜欢每次悦读会开始前，志愿者把一个不大的空间摆满了与今天主题相关的书，他们做的PPT把书的精华浓缩，我站在大屏幕前，是一个导读者，更是一个讲故事的人。丰富的文字下面就是生活，迎面与我们遇见。

我想很多人都有坐拥书城的梦想，不是装门面，不是显摆，而是证明自己不孤独。因为，与一本书的缘分还在，梦想就不曾离去。

让我们，读书吧。

我们家的一年级

稀里糊涂土土都小学二年级了。时光真是跟箭似的,嗖一下就射出去了。他上学我比他可紧张多了,虽然我不坐班,大把的时间闲散自由,可他上学下学的点儿我神经得紧绷着,尤其下学。跟考完试等着发卷子似的,没着没落也不知道这把考多少分了。

他刚上学的时候,幼儿园那点要民主要自由的散漫习气根深蒂固,老师上面讲他下面忙乎他的,放学能叠一书包花花绿绿飞机小燕子回来,也不知道手工纸是打哪儿来的。开学前新买的三十根铅笔,二十块橡皮,一星期用完了。问怎么用的,只回答三个字:"不知道"。这些还是小事,没了再买,可每天留的什么作业,你得记住了呀。回回都跟刘胡兰似的,语文有作业吗?"不知道。"数学呢?"不知道。"我这脑门子就开始冒虚汗，好在老师英明，提前让家长互相留电话，估计就为防这手儿的。你再看放学，小屁孩几个人玩上了，老大不小的若干中老年妇女，胳膊上挎着孩子的书包，凑一块儿对作业，把所有孩子纸上支离破碎的记忆拼接，能多留的都让他们写上，谁叫自己不认真记录呢。

当然大半夜几个家长对作业也是常有的事。那点作业，搁我，真是眨眼的工夫就完活儿了，可到他那儿，人家自己把门一反锁，三小时是他，五个小时也是他，那真不是人家老师留的作业多，是咱孩子太多情了。写作业前先画画预热，你说要真画点毕加索那样的也行，画的全是植物大战僵尸系列，一个四分之一的太阳永远堵在纸的左上角。就这东西吭哧吭哧地创作完，又玩剪子。你就把所有东西全没收，他还能把用橡皮擦出来的条儿状废物玩半天，橡皮全废这儿了。

"你快点！"这是我使用频率最高的，"等会儿，马上！"这是他对付的。我妈说，要常年帮你弄这孩子我得脑溢血，简直受慢急了。我，作为一个学生家长，肩上的责任重大，我一到晚上就拿把塑料长尺坐他边上，只要他一走神儿，我就打我自己手，啪啪的，以起到警示作用。基本上他作业写完，我手也红了。苦肉计全使我自己身上了。

经常是人已经躺床上了，睡前故事也编山穷水尽了，我都满嘴胡话了，他忽然坐起来喊了一嗓子："哎呀，有个作业忘了！"我每每心脏病都快得了，立刻蹦起来，开灯，"嘛作业，嘛作业没写呀！"哗啦，人家已经书包倒立，撒一床书啊本儿的。

最晚的一次是夜里一点惊醒，说一环保的画儿没画。我蹿起来说，要不我画得了。他不干，说不能撒谎，必须自己画。当然，画了一幅又一幅还是植物大战僵尸类型的，就是在画里添了俩桃心儿，表示世界充满爱了。完事再睡觉早晨能起得来吗，他睡他的，我给穿衣服，跟个四肢能拆的娃娃似的。

我每天最害怕的就是接他放学，眼巴巴望向校门口。给他穿点儿颜色鲜艳的衣服去，就为了我在队伍里好分辨，头一眼能看见人，心就踏实点儿，说明没挨留。这要队伍里打我眼前过去了，还没瞅着他，我一准儿得低头往班主任那儿报到去。让老师往学校里领，哪个老师留的，咱接着哪个老师那儿报到。这人，就得经受风雨，开始我还自尊心扫地，后来留的次数多了，我脸皮都厚了。

当一年级小学生的家长当得我直挠墙。书上还总写对孩子要鼓励教育，要赞美。我一般是咬着后槽牙，横下一条心赞美的。当然，最后也有赞美急眼他还不改的时候，我就要上巴掌了。我太敬仰小学老师了，他们得操多大心鼓捣这帮孩子啊。有时候我都觉得我离疯不远了。

饱带干粮热带衣

我想很多人跟我一样,把去西藏当成一个梦。因为太远,因为传说中的高原反应,因为一路上等身长头的虔诚,因为离天堂最近,让朝圣之旅充满了神秘。我去西藏前看了不下三十本跟西藏有关的书,我妈时不时会说:"你别看那些没用的了,赶紧装衣服吧,饱带干粮热带衣。"这句话跟咒语似的,她让我带的,我都没带。

我们有一天晚上住在纳木错,这个世界上海拔最高的咸水湖就在念青唐古拉山下,到的那天晚上下大雨,简易板房的房盖儿都快给掀了。四周的雪山隐藏在云层里,雨水哗啦哗啦的,本来我没喝什么水,可越听越想上厕所。黑灯瞎火,脑袋上套着头灯,抓着把手纸,涉水而去。一路冻得我直哆嗦,恍惚中看见俩黑影,人家穿的是羽绒服,也不怕把毛都淋湿了。晚上十点以后不供电,我摸回自己的床,这帮缺德的非让讲鬼故事提神儿。在故事大接龙前,我们把所有衣服倒在床上,一件一件往身上套,不知道零下多少度,只能看见脸盆里的水已经结冰了。

我这辈子都没这么混乱地穿过衣服,抓出哪件穿哪件,最后把自己扔进睡袋里再盖上被。半夜,旁边床的家伙估计实在冻得难受,问我还有富余衣服吗。我悲观地想,别说衣服,外面连树叶子都没富余的了。但为了安慰她,我爬起来,在已经空空荡荡的登山包里一通瞎扒拉。然后拎着我单薄的装内衣的袋子说:"我这儿还富余一个胸罩,六双袜子,四条内裤。只能用于你的局部保暖了。"她很绝望地把睡袋蒙脸上,并拉上拉锁。吓死我了!

睡到迷迷糊糊的时候,我脚底下倍儿暖乎,我缩进去拿手摸摸,确实不一般的暖乎,难道我自己还有热宝的功能?因为头晕,所以,将就着睡了。可最后愣给我热醒了,那温度,跟小炖肉似的。可算耗到七点多了,可四周还跟半夜一样,根本没天亮的迹象。因为热得没着没落,我开始一件一件蜕皮一样脱衣服,扔了一地。

早晨喝酥油茶取暖的时候,所有人都在抱怨太冷,只有我一个人说热得简直没法睡,那些人已经快骂大街了。正这个当口,收房钱的卓玛进屋,我把我遇见的悬疑事件跟她咨询,她边找钱边说,半夜给电了。可给电跟我的床有什么关系?她前脚走,我后脚把床上褥子就给掀了,好家伙,你猜怎么着,全屋电热毯全码在我身子底下,而且个个插着插销,幸亏没有漏电的,要不早自焚了。

好在这时候所有人都有了轻微的高反,大家变得沉默,他们个个被冻得手脚冰凉,我则热得小脸红扑扑的。

我们开着吉普一路沿雪山下的公路向海拔低的地方行进。到海拔三千米左右的地方气温迅速升高。我的包永远处于大敞四开状态,塞——掖——掏,反复这几个动作,到后来我都不用看海拔表了,瞅眼包里的衣服就知道到哪儿了。

因为疲于赶路,洗了的衣服根本就干不了,所以我们也不洗了,衣服穿了一轮又一轮,掏出来之前先看,再闻。就算有死褶,也早就让自己身子直接给熨平了。最初的几天,还念叨"我实在没衣服可换了",到最后,我最常说的一句是:"这件褂子我都穿四遍了,还有潜力可挖。"

家家都有小超市

早晨,我妈咪让我开车拉她去一个超市,说那地方门口有辆大卡车卖白菜。我车门还没关利索呢,她冲我摆手,我大喊:"没有?"她大喊:"太贵!"一嗓子,让好几个奔大卡车去的老头老太太停下了脚步。我妈咪说:"开个五六站地,就有卖五毛的了,这儿的白菜居然六毛五一斤,要疯!"

据说新时代管爱存东西的人叫海囤。我觉得在我的成长历程里存东西是件太普遍的事儿,冬天存大白菜简直天经地义,以前老居民楼的楼道里贴墙根儿全戳着白菜,谁家跟谁家的都混不了。晾衣服绳子上挂的都是雪里蕻,为了腌咸菜吃。再往前捯,家家都买西红柿,存的大大小小玻璃瓶子也都派上用场了,把火柿子剥了皮杵烂了塞玻璃瓶里,然后摆在大蒸锅里加热,自制番茄沙司。经常不知道为什么,瓶子能突然爆炸,吓我一跳,再看墙上，跟杀了人赛（似）的。

每到立秋之前，我们家还存西瓜，我常常把它们当球踹，因为实在太挡道儿了，当然，那些西瓜被我折磨后，离咬秋尚远的时候就已经开始娄了，默默地流一地臭水儿。

赵文雯说海囤是一场与CPI的"民间赛跑"，她一个劲儿地盘问我海囤过什么，我仔细一想还真有。我两年前看见网上集体团购卫生巾，倍儿便宜，但一次必须买二十大包，我当时琢磨，买一次足够撑到更年期了。货到后，那一大箱子，装我都没问题。在我把这堆日用品扔进储藏间的半年后，有一天居然发现已经见底儿了。一问，才知道，我妈咪一厢情愿地认为是单位发的，全给我送人了，连打扫我们楼层卫生的闺女都给到了。我说这是卫生用品，又不是计生用品。

我妈咪就是这么个脾气，但凡便宜的，她一点儿不惜自己力气，买一大堆，你以为她以囤积为乐可就错了。她三姨六舅母挨家挨户给人家送，口口声声说："太合适了，买多了，你们帮我打扫。"要像鱼啊菜啊之类的东西，她得都拾掇干净了给人家送去，让收礼的亲戚觉得还是自己助人为乐了，帮我们家做了件好事。

我记得银行那些卖理财产品的人经常爱用一个大标语"带你跑赢大盘"，小说里赌场的老千都不敢这么说，他们敢。就像那些大包大揽的人一定干不成什么事一样，钱进去就甭想痛痛快快出来，幸亏很多储户根本就不懂什么是大盘，觉得多拿点儿死利息就行。

赵文雯说了，既然咱跑不过大盘，咱就得战胜CPI。我说你把钱都花了，变成物，你以为你是投资人呢，简直就是冤大头，国家指你拉动内需？可赵文雯以学经济的头脑分析了美国第二轮宽松货币对国际的影响，拍着我的肩膀说："多买点化妆品吧！"我要有假牙得当即啐出去。

以前有一个相声《着急》，说副食品要涨价，有着急的人赶紧往家买东西：一洗澡盆的醋、两水缸的酱油、十五桶豆油、两抽屉味精、一大衣柜五香面儿，外加一被窝黄酱，愣是把一个小卖部给包圆儿了。最后等来等去，"不涨价，光长毛"。

不过现在的人学聪明了，存保质期长不长毛的东西，比如煤气、水、电、手纸、内衣、酒等等。无论我们是给别人，还是留着储备，买似乎已经不是为占便宜，而是为了踏实。这会儿，赵文雯也正网上团购呢。大家都不愿意当寒号鸟，家家都有小超市。

三姨的年关

朋友的三姨是个对生活有激情的人,她看演唱会不管谁在前面唱歌都得跑到台下伸着胳膊,随时准备跟歌手握手,每次都会很兴奋地说:"握上了!握上了!"搁咱,一定找最喜欢的或者一直当偶像的人来追星,她不挑人,挑票,只要是别人白给的票一定冲到最前沿不让演出冷场,跟盼星星盼月亮盼了多少年才见到失散的亲人似的。

我特别喜欢这种活在自己气场里的人,他们不受外界影响,甚至从她身上冒出来的那股劲儿还能辐射别人。

因为经常在朋友家碰到三姨,所以看不见她,我总会问一句:"三姨呢?"有一回朋友说,上次咱吃饭赠的鱼头餐券她拿走就餐去了。饭口那点儿,我们正琢磨去饭馆的三姨吃完没吃完,电话来了,三姨抱怨筷子收费,她说这明显是霸王条款,一气之下告诉服务员"不要筷子"。人家哪儿见过这么豪爽的人啊,本来除了赠的鱼头就没点别的菜,还连双筷子都不出血。服务员锲而不舍问没筷子怎么吃饭,三姨说:"我有手。"可是吧,手是劳作的,还真当不了筷子,那装鱼头的盘子里全是热油,这手要是下去,还不也得成一道菜。算服务员有眼力价儿,不点头要筷子坚决不走,最后三姨没辙,终于花钱了。我在电话里说,你把菜打包回来吃不得了,或者要牙签扎着吃。三姨气哼哼地说:"我就看不惯这么霸道的,归齐还是花了一块钱!"

前几天遇到三姨,问她年底去不去大商场看人流儿,她说:年底我只关心一件事,就是发奖金吗?打到卡里的能有多少?我说,那年底单位不还管饭吗,还能抽奖。三姨认为,至于年终的聚餐,就像电影最后的字幕,灯一亮打扫卫生的就进来了,屏幕上到底写了谁的名字其实没人关心,但不打字幕就会觉得这片子还没完。所谓年会就是这效果,你好我好大家好地来了,谁也不缺这顿饭,但热闹热闹是为了安慰一下自己在这个单位又度过了一年的疲惫的心。

在三姨记忆里年年的程序是差不多的,推推搡搡地签到,领了未来一年属相的毛绒玩具,然后找到自己部门的饭桌嘻嘻哈哈地聊天,口袋里的小纸条上有个给名字的编号,这个号要能被站在台上的人念出来,拿回去点高级礼品的事就有戏了,不都兴抽奖吗,而且年年准备的都是打买那天就开始疯狂贬值的笔记本、液晶电视、手机之类的东西,三千块钱封顶吧。不过这些她从来都不想,因为三姨觉得她跟所有天上掉馅饼的事儿绝缘,因为她属于那种今天拾两块钱,明天得丢一百元的人,对不劳而获心有顾忌。

所以,对于三姨,年会真的就是凑热闹了。年年还是那些人去表演节目,因为毕竟不是专业演员,所以,有位大哥的《外婆的澎湖湾》都唱了十来年了。每年年会稍有变化的,也就是吃饭的地方,这回自助餐,下回大锅饭,都吃得稀里糊涂,光记得满处转悠敬酒了。

三姨表示对年会还真没什么期待,这电影都演完了,你还能希望最后演员表上出点什么花样?有的公司,也只有在年会上基层员工才能见到老总,亲耳聆听一下高层对于未来一年的展望。当然,最希望听见的就是仨字"涨工资"。如果有大礼包,最实惠的里面当然应该也是钱。她的心思倒是挺迎合大众的,我也这想法。

我们永远只关心电影内容,而不关心演员表上有什么花样。

团购有时就是起哄

"团"这个字很象形,在一个圈儿里套住"才",表示有才的人都往一块儿扎。就像那团购,现在什么都兴一帮一伙的,跟拔河一样,集体划价的力量是无限的。我经常被各种团购召唤,大到买房买车装修旅游,小到买零食和电影票,反正脑子里就一个印象,这样消费划算。

不过,我从来不参与太大的,咱玩不起,我这个人谨慎,总想这万一吃亏上当了,虽然垫背的多,还是不值得啊。

但是有胆子大的,前几天我被几个人狂拉,大家要去集体扎耳朵眼儿,团购价。为了多凑耳朵,组织者尽力游说每个女的。我觉得这事简直就是集体花钱受刑,坚决不去,其实积极参与的人要是一个人扎四个眼儿,就能把团购价拿下了。我对给自己动刀这种团购行为很恐惧,我小时候拿火筷子给猪头烫过毛,一想到要穿皮带肉还得捅过脆骨我就哆嗦。我说，一般原始林子里的民族，祭祀礼的时候才采取捅肉穿环这些仪式呢。

陈完美走过来，一手压着赵文雯的肩膀，然后俩人跟一对儿斜视似的，面冲我，对话。"你耳朵长多好看啊，扎耳朵眼吧！"陈完美说。赵文雯很扭捏，在那儿一个劲儿搓耳朵，大呼小叫地说，是吗，我耳朵哪儿好看啊？真好看吗？我都懒得抬头，受不了她等待别人夸那沉不住气的劲儿。陈完美半蹲着，揪住赵文雯的压根没有的耳垂，使劲往外拉，"真的，真的，你扎吧，准好看。"这话要是打我嘴里说的，赵文雯一准以为我没安好心，要加害她，可话打陈完美嘴里出来，那就是肯定坚决毫不掺假的好评价。

赵文雯也算人到中年了，老了老了终于发现自己耳朵好看来了，在听信了很多"压根儿不疼"的谣言后，还真去了。虽然她也挺害怕的，一坐那儿就央求打眼儿的人："下手轻点儿行吗？""这不疼吧？"说了一堆自我安慰的废话。据她形容，就跟按订书器似的，脆生生地响。她为配合节奏惨叫了两声，手扣在俩耳朵上，不知道怎么缓解疼痛。这时候，拿订书器的人让她把手放下，把她脑袋正了正，说："再给你打一个！"赵文雯一下就蹿起来了，那么爱占便宜一个人，第一时间就反应过来了："一耳朵一个眼儿够了。"可打眼儿的人很负责："左耳朵的眼儿打歪了,得重打一个。"

我就奇怪了,打眼儿这事不得跟射击一样,事先得有靶子吗,哪能自由连发啊。赵文雯还是好说话,一听利害关系,饶一个就饶一个吧。

如果一个人打歪了算医疗事故,可去的人每人都打歪一个耳朵,再给补"一枪"就是大夫眼神儿有问题了。这几个人跟被做了什么实验归来似的,个个一个耳朵上一个眼儿,另一个耳朵俩眼儿,倒是不偏不向,全赚了。我惊呼,团购的力量啊!

话说打完眼儿,这群人被穿洞的地方就开始发炎,一挤一股脓。庆大针剂、双氧水、酒精来回冲,三七粉往上倒。她们到单位的第一件事挨个去医务室换药,都成了大家的笑柄。有一天我看见一个人在耳朵上还贴了邦迪,据说洗头还得用保鲜膜把耳朵包住,睡觉先得把枕头拍出个坑,把耳朵轻轻窝里才行,平时跟脖子落枕一样,不能轻易扭动。

即便这样,赵文雯追求美的脚步还没有停下。一男的送了她一对儿据说倍儿贵的耳环,她刚想戴,陈完美说,这节骨眼要是戴了贵的,以后就永远得戴贵的了。器官也够势利眼的,那意思只对便宜的有排异反应,吓得赵文雯赶紧给收起来。

用银的发炎了,说得换成茶叶梗。我跑遍了卖茶叶的地方,品完茶就问人家,咱这儿有茶叶梗又长又硬的茶叶吗?对我的要求，穿旗袍的闺女个个诧异，我要告她们这是往耳朵上插，得吓死她们，茶叶铺都得关门。

功夫不负有心人啊，我终于找到一位爱喝茶的大爷。让人家别把茶倒了，晒干给我晾着，大爷以为我要做枕头呢。我整天跟在沙子里刨金子似的，如获至宝地发现一两根长的赶紧给这群团购耳朵眼儿的人送去，让她们趁赶紧插耳朵上。

这都俩多月了，几个女人的耳朵还只认茶叶呢，估计扳不过来了。

团购是一种气场，有时候就是起哄。要自己未必有那么高的热情，但几个人一忽悠，人来疯的劲儿就能给勾起来。我们还需要在这条道上历练。

耗子也是宠物

因为在家里养着一窝蚂蚁，成天趴地上看它们盗洞工程进展如何，所以大概给人留下了我热爱小动物的好印象。昨天，一个朋友忽然打电话问我在不在家，他语气急切，比我去医院挂急诊还急，非问我在哪儿，说有东西送我，还不能等。因为这大冷天，送海鲜也不会化，肯定不是吃的。我说你送的不会是活物吧？他兴奋地夸我："你真有脑子，就是活物！"我的心咯噔一下，赶紧接："你不会买了窝耗子吧？"他继续兴高采烈说："哎呀，你太神了，就是一对儿仓鼠，一公一母，特可爱。"这也叫送礼，哈哈，拿我当猫了。

但我冷静了一下，家里除了九只蚂蚁，还有俩鸟，再弄一窝耗子，万一看不住跑出来任何一样都不是好惹的东西。所以我让那朋友先在自己家寄养几天，等我腾出一个放耗子的地方出来。

  我要养耗子的消息不胫而走，有的人立即恭喜我，说这仓鼠的繁殖能力很强，你们家很快就到处都是耗子了。我这心惊的呀。后来又有人说，你给它们做绝育手术，或者时不时喂点避孕药。这招是对付耗子的吗？我们小区撒耗子药都不见耗子吃，倒经常有特别小的小孩喜欢拿小棍儿扒拉那些五颜六色的粮食。我立刻挽起眼眉，到处瞎打听谁家拿老鼠当宠物养过，别说，还真有不少传授经验的。

  有个人说，他买了只仓鼠花了三块钱，但买让耗子住的豪华别墅花了八百多，什么玩具、秋千、磨牙棒、洗澡和拉尿的"鼠沙"都得置办齐了。我问，你养了几只啊？他说就一只。那东西养一对儿，十八天一窝，十八天一窝，同样的句式重复了五遍，我满脑子都是老鼠了。他说，它们生的孩子繁殖期也这样，很快耗子成几何倍数递增，子子孙孙都会隔着塑料房子感谢你养育了它们。听得我浑身直麻应（天津方言，指起鸡皮疙瘩）。他接着介绍说，花鸟鱼虫市场有专门收仓鼠的，五毛钱一只。你靠这两只没准就发财了，以后班也不用上，专门培育"四害"之首。

  鉴于这样的建议，我认为只能把一顺儿的仓鼠关一块儿了，不用子子孙孙念我的好儿。可又有过来人站出来告诉我坚决不行，因为两只一样的老鼠会谁看谁都不顺眼，直到战斗而死。他养过的俩同性仓鼠最后一只把另一只脑袋咬下来一半，战争才算分出胜负。这气性都快赶上蛐蛐了。

鉴于我的到处瞎打听，两只耗子的养父转天给我打来电话问，是不是不喜欢仓鼠。我说倒不是怕鼠疫，主要怕它们成天嘛事没有就知道没完没了地生孩子，咱也不指着这俩东西开发孩子的性教育，有唯美的《动物世界》足够了。那哥们儿二话没说，发了条短信，说又去买的地方打算给换成一顺的。我说换了再打架，他说，看比武总比看洞房舒服。那咱还能说嘛呢，准备当俩公耗子的养母呗。

卖家不给换，人家大概还庆幸把生孩子机器踹出去呢。这朋友跑到收仓鼠的摊位上，拿成年母耗子换了只男童鼠。于是，房子里就住上了父子两代老鼠，可是你把人家原配掏出去不要了，公耗子能干吗？这哥们儿寒风中告诉我，俩耗子打起来了！

我强拦着没让他把耗子连窝端我这儿来，我没心肠看俩小东西在我眼前表演特洛伊。我说，你训好了再送来，最好听口哨会翻跟头，或者能踩着乒乓球走。那哥们儿电话里估计都快骂街了，一个劲儿问我什么时候把耗子拿走，大概他也怕老鼠战死在自己家。

如果它们有命再撑几天的话，我就要当两只耗子的教母了。

唱歌是用来练胆儿的

我特别羡慕那些五音全而且特别大方,逮哪儿都能高歌一曲的人。一般到了节假日,没事干的特别愿意去什么量贩式KTV吼一吼,我特别纳闷什么叫"量贩式",总问那些去过的人,那儿是饭可以免费吃的意思吗?他们说不是,大概是有超市的意思。我觉得,那就太没劲了。

我最害怕饭后被人拉着去唱歌。我长那么大,深知五音不全是嘛意思。就跟心脏监控器上的画面被拉直线似的,彻底没救了。小学音乐课老师曾经问我,你有能不走调的歌吗,总得给个音乐成绩啊,我说,那就唱《国歌》吧。所以,在众目睽睽之下,别人唱《打靶归来》,我满脑子都是天安门和革命烈士,好歹算有了音乐的分儿。

在我心目中,什么叫音乐,只有《国歌》那样的,特别正式,刚起调就得让人肃然起敬的。

虽然有几次被刀架脖子上去了KTV，但我一进那密不透风不像干什么正经事的环境就烦，谁爱唱就唱，高兴了鼓鼓掌，没劲了就耗一会儿找借口开溜。屋里的音乐震耳欲聋，把破锣嗓子和音符混在一起也还算能听进去。可一走到楼道，音乐被过滤了，游荡在外面的都是干号的声音。那叫一个难听，我就纳闷，怎么有那么多人跑这才艺大比拼了呢，太有自信了。

我很崇拜他们。我崇拜所有有勇气的人。有时候开车，听见半导体里也有打进热线唱歌的，无伴奏有伴奏都挺难受的，唱的人特别紧张，弄得我都跟着紧张，赶紧关了。

我总觉得，音乐是用来欣赏的。

我才想起来，广为流传的《忐忑》。网上有各种能人演绎的视频，好么，有个女的一《忐忑》就跟过电似的全身颤悠，胸口波涛汹涌，摇元宵出身，颠腾得我快眼晕了，歌的调调太让人下垂。还有一大哥，一手举着手机，然后闭着眼很陶醉地唱，别说，舌头还真跟得上溜儿。"啊啊啊啊啊啊啊哦，啊啊啊啊啊啊啊啊哦哎，阿的弟，阿的刀，阿的大的提的刀。阿的弟，阿的提大刀。啊伊呀伊哟，啊伊呀伊哟，阿弟可带一个带一个带一个他可带一个带一个带一个刀，带一个带一个带一个他可带一个带一个刀，啊伊呀伊哟。"

我吧,以为大家拿这种跳大神儿的歌当娱乐,过一阵就完了。可前些日子,听见了龚琳娜的《你在哪里》,以为是特别抒情的一首歌。仔细一听,歌词还真不错。"哎哎,你在哪里?哎哎,你在哪里?哎哎,我看不到你。哎哎,你走了吗?哎哎,你在哪里?哎哎,你在哪里?哎哎,我找不到你。哎哎,你走了吗?哎哎,我的心心,哎哎,我的心哎哎我的心心哎哎!"她"哎哎"得我心脏房颤都出来了。

我觉得这样的歌融"说学逗唱"于一体,适合曲艺演员练基本功。总比"打南面来了个喇嘛,手里提着五斤鳎目;打北边来了个哑巴,腰里别着个喇叭"简单。而且,也给我这样半辈子除了《国歌》没展开歌喉的人以自信。

有这样一位大姐在歌唱事业前面领路,天底下还有什么不敢唱的歌呢?唱歌是用来练胆儿的。

在时光里套圈儿

我又拟了个计划贴墙上了。今天高声朗读了小学二年级下学期语文第一课《春天来了》，读得我心惊胆战。这转眼就万物复苏，2014年过去俩月了。我虚度着光阴，跟套圈儿赛的。以为自己抓着一大把，且扔呢。照着摆地上的大个瓷器使劲儿，心想，套不上大的，还套不上小的吗？可缘分呐，大的小的嘛也没捞着，就扔了一地圈儿。

为了让生活更有意义，身边一群对套圈儿耿耿于怀的人忽然焕发出少年情怀，约着去公园散步。我一直认为自己老得不成样子了，所以衣服颜色都照大红大紫整，好歹外形上能老来俏。当我粉嫩粉嫩地站在水上公园大门口扭着脖子向各个方向张望，一只冰凉的爪子伸进我的衣领，我中学同桌的女同学，这么多年还这习惯性动作呢，逮谁往谁脖子里伸，跟握手一样自然。

我像抓贼一样把她打身后拽过来,她穿个黑色长外套,颈部缠着黑丝巾,黑筒裤,黑高跟鞋。就差戴墨镜了,扔垃圾上就是乌鸦。我向她表示了强烈不满,为什么定好了点,就我一个准时。乌鸦说刚才其他人都在停车,应该都埋伏在这大门附近。我掏出手机,想催一下。拨号刚出去,我对面就响音乐了。再仔细看,好么,几个女的跟隐身人似的,没差色,一人一身黑。我抓过一个人来问:"你们是来要参加葬礼吗?太肃穆了,集体吊唁一样。"她们这才互相看看,然后争相表白自己里面穿了几件带颜色的。

我逛公园的记忆还在小学,那会儿就盼着春游,可算能把书啊本啊掏出去了,里面装一个特高级的维生素面包,一根黄瓜,两块泡泡糖,一壶橘子水。说春游,其实就是绕公园走不到一圈,然后大家停在一个亭子里把自己带的东西吃掉。每次我的橘子水都洒一书包,我那个心疼啊,但即便这样,一提去公园我还是止不住地激动和兴奋,好像不春游就没机会吃面包喝橘子水似的。

我们一行几人,踏着儿时的记忆,一进门就吵着要跟各种带字儿的背景照相,乌鸦指着水上公园那几个大字说:"咱跟这个合影吧!"没一个带相机的,每人打兜里掏出个小手机,在那儿比画,互相说:"看这儿,笑得自然点儿!"拍完一张,就

在时光里套圈儿

跟木桩子似的站那儿彼此转发。因为我们的举动实在太独特了，有俩摄影爱好者围着我们拍，不定以为这些人打多偏远的农村来呢。

因为我穿的衣服颜色好，很吃香，无论跟大山石合影还是没水的瀑布合影，她们都拉上我，主要为了衬托逛公园是件喜事。当我们把手机都快照没电的时候，决定去一个同学家小坐，这样可以喝着茶，嗑着瓜子，跷着二郎腿欣赏我们肃穆的微笑。

照片还真不少，因为乌鸦手机的像素最高，所以大部分都是她照的。我严重怀疑乌鸦干过一段职业狗仔队或者帮私人侦探搜集过证据。所有照片非常职业化，大部分没正脸儿，赶上有正脸的，要不闭眼，要不噘嘴，还有一张那拍摄角度很刁钻，我的手居然正放在另一个同学胸口处，那人还在哈哈大笑。

网上娱乐新闻里尽是这样的照片，偷拍点儿话题人物挖鼻孔打哈欠的赢点击率，可我们这群半老徐娘，本来经过岁月历练剩的就全是铅华了，她还如此糟蹋我们，尤其我还穿这粉嫩的衣服。

我把一张自己开了抬头纹的照片当电脑屏幕保护了，以达到自我激励的目的，然后，接着在岁月里套圈儿去，我就不信，成天扔还什么都套不着吗？

❞

　　内观展露的是一种更加寂静的美感，好像是冬天里手指的苏醒，一节一节，一种暖意在一个句子和句子之间传递，整个世界在儿童般的目光里软化下来，所有的元素自身都拥有了生命，获得了一种平等的秩序，最终用语词建立起一个完整的感觉与逻辑的世界，然后这个世界始终处于临界的状态，好像孩童的肥皂泡，一瞬间破裂得没有踪影。

"

我记得我小的时候路上没那么多汽车,马车还允许进城呢。牲口们趾高气扬地踱着小步,边走边拉也不知道丢人。我看见马车都离远远的,怕鞭子一甩再把我脖子缠住。在黑白电视里每天期待《排球女将》,到学校一看,满操场都是练小兔跳的,让那电视闹的。很长时间我都以为排球队员都跟武当山下来似的。以前的自行车就是交通工具,我父母因为晚上没公共汽车了一路驮着我和我弟还被罚款,一辆车五块钱,当时特别心疼。一家四口围着交警反省还不依不饶。后来我们发愤图强了,又买了两辆自行车。我们太矮就『掏腿儿』骑,那也美。

情感的杀伤力

人吧，总有心情不好的时候，作为朋友，一定要在别人求助你的时候帮他把那个坏情绪赶尽杀绝，我就是这么勉励自己的。为此，我经常在睡得挺香的时候一个电话叫起来就得赶赴现场。阿绿消停了几年，最近忽然把我想起来了，经常拿我当心理医生，电话一打就没完。说实话，其实我喜欢面对面地说话，能在关键时刻配合掐一把，抱一下等深情动作，有助于让气氛活跃起来。可是阿绿就愿意在电话里嘚吧嘚，我都觉得手机跟烙铁似的烫脸巴子了，她还没铺垫好呢。

阿绿感情上出了问题。其实要我看根本就不是什么大问题，简单介绍，就是那男的对她不那么上赶着了。往前捯，她说下班晚的时候，那男的就开车接，多难停车的地方都坚定不移地占道，警察罚二百罚单都不待走的。而且，接走就奔饭馆，点的都阿绿喜欢吃的。可现在,阿绿再说下班晚,那男的就说"回家时注意点儿"。或者更省事的"哦"。弄得阿绿自己跟自己窝火,给我打电话的主要意图就是发牢骚,然后问我:"你说,他到底嘛意思?"

阿绿和我都好几年没好好见了,别说她换来换去的男友。我要能逮谁知道谁成天脑子里琢磨的嘛意思,早家家户户把我照片贴门上了。我这道行的,蒙十遍中不了一回,摆卦摊儿都得给人家钱。可阿绿偏就对我无比信任。

有一天我正在床上倒时差呢,睡得昏天黑地,电话大响。阿绿说,在小区门口,让我去接驾。我第一反应是,她终于想开了,对于我的耐心倾听加以回报,肯定拎水果来了。我赶紧去迎接,楼下收到赵文雯的短信,上书:别惹阿绿,要拿出你夏天般的热烈感情对待革命同志。我立刻提高了警惕,回了一条:合着你们都秋风扫落叶般地把她支我这儿来了?

刚点了发送,就看见阿绿那身春意盎然的装扮了,娃娃菜似的。我掐指一算,我们两年八个月没见过面了,虽然总打电话,对她跟大面包似的身材也还是有点意外,发酵粉像搁多了。

阿绿没话找话特别客气地说:"哎呀,你可见胖。"哎呀,她还有脸说我。我就问了:"你多少斤啊?我一百二。"阿绿说:"我一百四,咱俩差不多。"会算算术吗,哪儿跟哪儿就四舍五入啊。她一点都没看出我的不满,接着说:"我也没给你们买什么东西,就不去家里了,咱俩站外面说会儿话吧。"太懂礼数了,可那么多年的姐妹情难道就在那仨瓜俩枣上吗?我执意拉扯她去家里喝茶聊天,她死活不去,并且径直朝墙根儿就走过去了。因为速度不快,所以我并不担心她会一脑袋撞过去。

从她的举动看,这得受了多大的打击啊,我这么能让别人意外的人都特服她了。那天阳光很充足,小区里很多学走路的孩子扎堆儿出来晒太阳,我们跟俩盲流似的仰望阳光后背倚墙,最妙的是,她站好好的,还自己出溜下去了,我以为她晕倒了呢,一看眼神儿特别镇定。说实话,我觉得脸挺没处放的,因为小区里的人很多我都认识,时不时还要逗逗孩子打打招呼,旁边一胖女的蹲着,这怎么个事儿啊?

我脑子里迅速翻遍了看过的名人名言,然后振振有词地说:"想幸福就不要抱怨,不抱怨的女人离幸福最近,离悲伤最远。虽然生活里有乌云,但我们要学会在乌云里发出闪电。如果你设置了自己的失败,你就成了不能控制环境的牺牲品,你仰仗别人给你幸福和满足是不行的。你才是剥夺自己快乐的人,懂吗?我们得振作起来。"我跟演讲似的,我自己都感动了。再看阿绿,晃晃悠悠跟个女鬼似的打地上站起来,拍着我的膀子说:"咱俩得去饭馆。结拜!"我觉得我都快晕过去了。"那还买鸡吗?

鸡血兑白酒里,先敬天地,咱俩再互敬。跟哪儿磕头呢?饭馆门口的关公,还是直接点个冰糖肘子磕三个头?咱俩的见证人,还给他们红包吗?"阿绿很认真地说:"别逗。"太影响气氛了。

后来她走了。我的手机收到条短信:没有过不去的事情,只有过不去的心情,很多事情之所以过不去是因为心里放不下。门槛是什么?过去了是门,没过去就成了槛,可许多人就是过不去心里的槛,其实只要把心情变一下,世界就完全不一样了。

这到底是谁劝谁啊!再一次让我领略到情感的杀伤力,好在,我们其实什么都明白。

难题求解

世俗就是个势利眼,把人分三六九等,没结婚的女人就像古代发配的囚犯,脸上刻字了。而现实就是那么残酷,八十二的老头可以找二十八的闺女,八十二的老太太却只能伺候八十三的老头。而阿绿,二十九了,其实离三十岁生日就差一个月,她一口咬定自己二十九。对于没结婚,没孩子,没家,甚至连个准男友都没有的女人,活着都战战兢兢的,所有人跟自己有仇似的,哪壶不开提哪壶。不结婚的人,简直就是个残疾人,遭人同情。

找对象结婚简直就像限时抢购,蹭一身汗、干耗、排队、拥挤,当你真抢上一件,事后的满足感让你觉得自己跟个成功人士似的,在内心且捯摸呢。颜远经常庆幸自己决断早,恋爱结婚生孩子简直行云流水,分秒不差,看见高手打台球了吗?一桌子五颜六色的球,人家一个人全给杵眼儿里了,压根不给对手留追赶的机会。

所以,颜远经常作为"全和人"成为同事、朋友婚礼上必不可少的人物,再加上她热心肠,别人结婚跟她能当替补似的,忙前忙后无数遍演习,除了不试穿婚纱,能提前预演的她都扛下了。阿绿对此非常不理解,她觉得颜远跟工会女干部似的,全部热情都在保媒拉纤上。

如果说颜远是限时抢购的幸运者,那她的同学阿绿就是压根看不上这游戏的人,她始终对自己的相貌修养出身工作各方面都有根,所以无论大学时代还是到网络电台工作以后,都挺胸抬头不为半斗米型男人折腰。凡事讲究待价而沽,总不能自己开出的价就走低吧。可是市场行情是残酷的,大把的剩女,有的实在耗不起,找个起点低的男人先培养着,自己甘愿当身后的抹布女,只求军功章能给分一半儿。

颜远挺为阿绿操心的。首先"全和人"本身自己就有优越感,她打心里愿意有情人终成眷属,而且心里那种愿意,跟母仪天下似的,看不得人形单影只。尤其看不得阿绿。闺蜜,把女人说得像已经化了的糖块,黏在一起,甜得扒拉不开。她们睡过同一个宿舍,穿过对方的衣服,比家里人更知道彼此的秘密,因为都是毕业以后留在天津的,所以更像姐妹一样互相照应了。

都这么黏得不分彼此了,颜远更希望阿绿早点找个好人家,要知道如今的社会,女的都饿虎扑食型的,你矜持那会儿,好点的男人早被围上了。颜远经常提醒阿绿,别成天沉浸在自己小资的精致里,戴上眼镜,看看社会上的人。就算不看社会,去趟动物园也行,那些动物饭来张口,冬天有暖气夏天有空调,到发情期人类就往笼子里扔个异性,动物自己什么都不用操心。这就是父母包办组织负责的年代。可目前局面是,动物全放归山林了,你得自己打野食,找对象更得靠两性相吸的本能,你要还按笼子里那套生活方式,什么都擎等着现成的,没戏。

阿绿觉得自己快人格分裂了。因为,世态炎凉,要求每一个没有结婚的人,要都拿出春运回家的拼搏精神才行。一朵鲜花最大的苦恼是,好牛粪上都插着花呢。不好的牛粪太稀,根本就插不住。

到哪儿找一个能结婚的人,确实是个难题。

科技下乡不容易

前段时间一大早,乡亲们打来长途问我,你们城市最贵的玉米多少钱一个?我想来想去,最贵的也就是肯德基里的玉米了,掰了按节儿卖。我就描绘了一下那玉米的口感和大小,挂了电话。不一会儿,乡亲们又打来电话,问我能不能帮着买点儿甜玉米的种子,大概在他们心里,城市是个无所不能的地方。

我骑车就奔花鸟鱼虫市场了,别说,什么花花草草蔬菜水果的种子都有,我赶紧给乡亲们打电话问买几袋儿。对方仓促地感谢了我一下,扯着大嗓门问他身边的人有要的吗?然后告诉我:"先买六亩地的吧。"我小学数学的换算关系一片空白,一亩得多大一片啊,还不如告我几个小院子有概念。

我问卖种子的大哥:"种六亩地,得买多少?"大哥差点被大饼一口噎在那儿,口齿不清地说:"嘛玩儿?六亩?你种地还是搞科学研究？我这一袋里最多十几粒，还有不活的。也就能种门口玩玩，指着吃没戏。当观赏植物差不多，让孩子种着玩。"听他一说，我才明白，我的任务是得搞个青纱帐出来。

为了不让乡亲们失望，我上网查。离我最近卖种子的地方是中国农科院一研究所。我给那边打电话，一女的接的。上来就特别专业，问我几亩地，我赶紧抢答，六亩。随后那大姐问我："什么土质？"我说："就一般的土吧？"大姐很不耐烦："什么叫一般？不得看适合不适合播种吗？"我脑子里一片电影《喜盈门》里的播种景象，把她的问题理解成土地硬不硬了，为了解释土挺松快的，我说："土质不硬，埋一口两米乘一米五的棺材，四个小伙子半小时就完事。"对方啪地就把电话给挂了。当然，耳机里传来嘟嘟声后，我才意识到自己这样解释土质优良不太合适。主要是，我深入田间地头的机会少得可怜，去一次半次的，看见刨土的全是为入土为安，而不是为种粮食。

我又提心吊胆地把电话拨过去了，但大姐太记仇，非认为我无理取闹，歧视我毫无农业常识，而坚决不跟我过话，我一出声她就挂电话，太欺负消费者了。六亩地，我得消费不少种子呢。

没辙，我要求我的一个北京朋友亲自去了一趟农科院卖种子的地方。这个朋友从农村出来的，而且以前掰过棒子，我想一定能说点专业语言把种子顺利买出来。

事实证明我找的人是对的,她打来电话告诉我,我挑的这种高端品种要提前播种两个月,并且还要跟正常种植的玉米地至少离开二十米。我问:"为嘛呢?"姐们儿说:"别废话,问东问西的,你以为你是农科院技术员?买不买?"我说买,她给我拍了条彩信,我一看吓了一跳,六亩地的种子怎么那么多啊,比我躺地上都占地方。

因为我实在好奇这玉米粒有什么奇特的,居然卖那么贵,强烈要求留一些。那姐们儿立刻电话又打回来了:"你不就想留点爆米花用吗?告你啊,种子全部剧毒,因为在农药里泡过,为了防止地蚕。赶紧给乡亲们抢种吧。"

我满意地给乡亲们通报了我的战果。对方说:"现在猪肉价上去了,你们要能帮着找点好的猪仔……"我脑门上直掉大黑道儿,磕磕巴巴地说:"我我我只吃过猪肉,没见过猪跑。活物,这边太不好踅摸了。"乡亲很失望,电话挂了。

粒粒皆辛苦的乡亲们真是挺不容易的,致富路上我也在想如何科技下乡。

辑四

嘛玩意儿

❞

　　有人看上去肚子里总有点傻乎乎的小算盘和小主意，实际特没主意，跟孩子似的，光嘴上说得热闹，一摊上点小困难就慌神麻爪了，不过他鸡贼和出丑的样子恰好是最可爱的地方。人家露怯就跟摔个跟头似的，站起来拍拍裤子，仍然吃嘛嘛香，偶尔也犯难发愁，但那些忧伤也都是孩子般的忧伤，不过脑，不走心的。生活像芥末花生，泼辣和戏谑中掩藏不住能长久回味的酣畅和醇香，还能在任何时候轻松勾引你嘴角的弧度。

　　在反思笑过之后，这些安然的景致：快乐的，忧伤的，在我们心海余波荡漾。

一群没有故事的女同学

中学时代挺遥远的。中间的距离隔着我和我儿子的时光,他都长到了马上该上中学的年纪。

跳过这三十年的空白处,觉得今天的孩子们活得真洋气。

我因为在南开大学出生,作为职工子弟顺理成章地上了南大附小、南大附中。所以成长处毫无新奇可言,那些同学和老师经常能在小卖部、澡堂子、菜市场、粮店或者路上遇见,根本不用走出校园,就像生活在一座孤城。那时候的春天,南大校园里连花的品种都很单一,到处攀爬着牵牛花,一群一群没有故事的女同学放学就沿着墙边掐花,然后使劲往自己手指甲上捻,那是我们早期的指甲油。虽然一点颜色都挂不上,但依然会伸出手几个人比谁的指甲颜色好看。

我们的青春期就是在那样一个颜色匮乏的时代开始了,没有故事的女同学身体发育得比牵牛花快多了。初一的女同学们彼此最关心的一个重大问题就是"你来了吗?"这句话像一句暗号,大家自动分成两个阵营:"来了的"和"没来的"。体育课,终于有人拿来了假条,我们第一次让家长证明自己的孩子"身体不适,免上体育课",交完假条,从体育组出来的女同学会骄傲地跟同伴会心一笑。

"没来的"人数越来越少,来自自卑的压力也越来越强烈。我就是其中之一。尽管"来了的"女同学很大方,给"没来的"女同学非常细致地讲了她的身体感受,但她说得越详细,我们越期盼这样的"倒霉"能发生在自己身上,也越发自卑。

早操要绕操场跑两圈,这是全校活动不允许请假。跑着跑着,从前面女同学的裤腿里掉出个东西,有热心的男同学见义勇为,一边大呼"谁谁谁你掉东西啦",一边打地上捡起那东西快速向前追,这时身边的哄笑声让他下意识知道这东西不好,赶紧扔掉。

当全班没有故事的女同学都"来了"以后,气氛明显愉悦了,大家终于都松了一口气,随大溜儿的感觉真好啊!

男同学开始长胡子的时候,女同学原本松松垮垮的衬衣显得紧了。那时候没有维多利亚的秘密,而且我们的审美标准向平胸倾斜,大家都觉得曲线美太让人害臊了。所以,在我庆幸多穿一件背心就能掩盖住自己的时候,有一位女同学自己动手做了一件特别紧身的小坎肩,她给我们展示过,跟个铠甲一样结实,在胸口处有一排一个挨一个的白色纽扣,束胸效果很显著,再罩上件背心,简直跟个男的似的。我们纷纷回家效仿,但终因为夏天捂得实在太热而放弃。

可是青春哪是布条就能束缚住的呢?班里有一个发育特别超前身体素质特别完善的女同学,每次上体育课跑步都压在最后,不是她跑不动,是她的胸颠得太厉害,忽上忽下她自己难受,我们看着也难受,那些同在青春期的男同学倒很是兴奋。依然是因为自卑,这个女同学学习总是班里最差的,后来不知道为什么她就转学了,让体育课都变得没意思。

我们是一群特别有责任心的女同学,体现在我们有大局意识,打心底里不愿意给班集体抹黑。不像男同学,总是故意制造争端引起各方注意,以为当众被揪到前面挨批或在大喇叭里念检查就是少年英雄主义了。唯没有故事的女同学们愿意用自己生命维护班集体的荣誉。

因为教学楼内有值班老师检查迟到问题,来晚的必须去主动登记并写明迟到原因,还要班主任签字,最后的考勤会影响流动红旗的去向。有一天,我们正在上第一节课,忽然窗户上趴着一个阴影,在老师转身写板书的时候,她开始敲窗户。我们的教室在二楼,一个身单力薄的女同学为了不给集体荣誉抹黑，愣是打教学楼外面爬上来了！这是什么精神，是大无畏的革命主义精神啊！里面的同学一点儿都不淡定，尖叫着帮她打护栏外面拔腿和鞋，幸亏那时候吃的都不太丰富，女同学们就算发育也跟练过缩骨术似的，给一个缝都能钻进来。那堂化学课，老师快退休的年龄，哪见过这个啊，转身写个公式的工夫打二楼窗户爬进来一个披头散发的孩子，她嗷的一声跑出去，估计到教员室汇报去了。班里的同学们万众一心保卫流动红旗，决不出卖没有故事的女同学。所以，在年级组长和校长进来之前大家已经进入了学习状态，问谁谁都不承认刚才那一幕。化学老师眼里长时间保留着恐惧。

我们很抱团，不允许班里任何一位同学学习掉队。我的物理成绩是最差的，因为我总是把公式用错了，而且我打心里认为学这个没什么用，人家科学家都证明完了，你还在这再证明一遍实在没什么必要。所以，我的物理卷子一般都是凭心而答，分数基本随缘。某次期中考试，卷子发下来，及格的分数老师拿蓝色笔写成绩，不及格的用红色笔写成绩，打老远我就看见自己卷子上的红数了。我觉得特别自然，可是没有故事的女同学们不愿意了，对于五十七这样的成绩，她们认为一定能打卷面上找出几分，让成绩变成蓝色。功夫不负有心人，还真找出了老师误判的四分。她们让我去找老师撩上去，我举着卷子把自尊踩在脚下，出发了。

老师一个月没洗的头发打着绺，一簇一簇闪着油光。我等他注意到我站半天了，才敢递上卷子怯生生地说："老师，有一道题您判错了，您能给改过来吗？"老师一把拽过卷子，看了一眼我用铅笔圈起的题号，说实话，那个铅笔印儿都充满了谦逊谨慎，轻轻的，好像生怕稍微一使劲就能表达出对老师的不满。老师推了一下眼镜，把题上红色的大顿号改为对勾，就这么一下，我松了口气。头发打绺的男人嘴角歪着，不冷不淡的笑从里面渗出："题是你刚才改的吧。"在他打破铅笔盒里翻有水的蓝钢笔时，我抽过卷子，恨恨地对他说："我没有！"然后夺门而去。

没有故事的女同学们围拢过来，看我趴在课桌上呜呜地哭很纳闷，当她们弄清原委，最后一节课的上课铃响了。之后的一个月，没人再关心我的那四分，但物理老师的自行车，不是被拔了气门芯、扎了车胎，就是本来放在存车棚好好的车不知什么时候被扔在学校后面的河边。

我们的爱情启蒙是琼瑶、金庸，受文学作品影响，班里任何风吹草动都被大家在想象里编了好几遍然后传得轰轰烈烈，所以小荷才露尖尖角的两情相悦在老师眼里那么丢人现眼的事，在我们心里他们就是不为恶势力屈服的革命者。没有故事的女同学很茫然，因为实在不知道这种神奇美妙的事怎么落到自己身上，于是大家开始迷恋体育老师，迷恋学校篮球队队长，迷恋留着中分头的"四大天王"。反正就跟感情投入在一把墩布上，确实也没什么实际意义。可即便这样，没有故事的女同学们还能制造点小忧伤，流点小眼泪什么的。除了学习，我们富余的闲工夫实在太多了，那时候连小班都没有，作业负担不重，连我这么内向的人都闲到了给建筑工地义务搬砖的地步。

在没有故事的女同学们逐渐用琴棋书画来武装自己的时候，我每天早晨五点起床，跑到水上公园外的一片林子里打算拜师学武。影视作品里演了，想拜师就得天天去，用诚心感动师父才能得真传。我按照电影里的情景找到一位白衣白裤白胡子的老大爷，他打第一天就跟我说："你早晨背背英语单词多好，学这个干吗？"我坚持了三天，第四天的时候，师父没扛住，留下句"我真的什么都不会"，再也没出现在小树林里。要不是有人说，某个凌晨在那儿发现了一对自杀的情侣，我估计还在寻找身怀绝世武功的师父呢。

最后听了没有故事的女同学的劝，买了把木吉他，报了古典弹奏的班，从此走上一条特别文艺的音乐之路。后来我才发现，稍微有点文艺情怀的人，情窦初开的成功几率很高，交的那点儿报名费也算值了。我们把抄得密密麻麻的歌词本互相传阅，还得用彩笔画点俏极了的大花朵装饰一下，那些靡靡之音似的歌词写出了我们的心声。

当年成天背着把红棉吉他在马路上骑自行车,我觉得连自己的背影都骄傲极了。

我的中学时代是最懵懂最有趣的几年。那些没有故事的女同学后来全都散落在天涯,也没了联系。但我回忆年少时光的时候,她们马上能来到眼前,好像从来不曾长大不曾丢失。

后来,没有故事的女同学们都该各自有了很丰富的故事了吧?我想。

娱乐盛宴

据说在那鸟不拉屎的地方,汇集了一群卖货的,因为商品比较扎堆儿,出处又尚远,而且人家卖几天就走,所以这事很具有一传十、十传百的广告效果。到我耳朵里的版本是:"你去了吗?赶紧买点东西,省得大老远旅游了。"敢情还真有打托儿的。我赶紧问送上门的这高档服务卖的东西贵不贵,对方说:"不便宜。可你想啊,你还省旅游费呢!"太能开导自己了。这要去趟超市,简直就跟在全国转了一圈似的。

卖东西的方圆百里狂堵。听闻江湖上老头老太太说:"有免费车呀,别吃早点呀,免费品尝就能饱。"我作为晚辈,拉了一车七大姑八大姨,插翅难飞地在路上堵了俩多小时。这一路,除了一挡就是空挡,腿脚不利索的人走着都能超车。我觉得都快浑身炸痱子了,真没想到,那么多要省差旅费的人。还差三站地的时候,我把车扔一小区了,混杂在游行般的人流中接着赶路。

终于进去了,还真开眼。我儿子问:"妈妈,这是世博会吗?"因为但凡能品尝的地方里三层外三层围着全是人,而且哪儿都排长队。咱家门口,炸串儿也就一块五一根儿,到这儿,十块钱仨;烤香肠别处三块钱一个,这五块钱一根,你还未必抢得上。而且,最惊人的是,一个卖速冻食品的地方开始清场,好多人伸着手往里塞钱,十块钱的票子简直就是毛儿钱,可人家服务员说了:"对不起,您看看,冰柜都空了,肉串都卖完了,正在调货。"就那速冻食品,超市就有,我买的到现在还扔冻格呢。可人们大老远来了,尤其路上交通那么不顺畅,买东西全跟赌气似的,不花钱,就算吃亏。

我为了安抚孩子烦躁的心,一冲动买了顶帐篷,迅速撤到大卖场外面的露天广场,帐篷一支,玩捉迷藏耗时间。赠的防潮垫有个窟窿,可我实在没勇气再往人流里冲了。

我妈还真行,排大长队花二百块钱抓了俩号,据说货都抢没了,拿这两个手谕,转天可以领两个墩布。要说我们家不缺这东西呀,我问买这么多墩布干吗用,俺娘说:"卖东西的说这墩布原价两三百呢,能擦玻璃用。"敢情是当抹布买的。

统计战利品的时候,一个朋友说她爸爸在那儿花一百块钱买了四块海绵,我同学买了六块棒棒糖,我同事买了一袋青豆,我弟妹买了一兜肉丸子。其实哪样家门口超市不能买啊！

还有一位阿姨天天坐免费车挤半死去观摩，最后一天决定花钱，终于下决心想买洗面奶，服务员说：就剩三袋洗衣粉了。阿姨想，不能白来，买了！而这洗衣粉比咱自己用的贵三倍。估计是人家把远道而来的差旅费都加咱这商品里了。

大概是人家那地方的人没见过这么隆重的参与免费品尝的队伍，所以他们抠抠搜搜地把盛着食品渣滓的纸盘子都藏在自己身后，你要，人家才给端过来。即便这样，到最后一天，能尝的也差不多都给吃绝了。一位阿姨说，她很后悔最后一天才去，本以为能赶上清场处理，没想到什么都没了，只有卖酒的还能尝，她喝了三圈儿，一杯白的干完再来一杯，锻炼完酒胆到走的时候，还真拎了瓶白酒出来。我不知道大家买的这些东西，到家都会不会后悔。反正我那帐篷能用上的概率太小，我妈那俩墩布，一直储藏室扔着呢，连包装都没拆。最要命的是，豪华墩布包装盒上清楚地写着生产地在天津开发区几排几号。

一个朋友觉得在那地方买的香菇条不好吃，转手让我接着吃，别糟蹋，怪贵的。我一看产地，是厦门。白痴似的嚷嚷："哎呀，你这是厦门的呀。"她说："许你妈买天津的墩布，就不许我买厦门的香菇条？"我立刻就没话应付了，吃吧！

或者，这才叫全民的娱乐盛宴。

婚礼就是守株待兔

中国式结婚的标志就是广发英雄帖，别管多少年没见，也甭管跟自己有没有交情一律邀请参加婚礼，就跟多有胸襟的人似的。转脸人家就会按人数估计份子钱的入账总量。大家坚持广种薄收的原则，一点也不怕麻烦，多犄角旮旯的人都能给通知到。我一个朋友说，最近身边同龄人结婚的太多了，QQ、开心网、微信、同学录只要能够着她的都给她发请帖，也不管以前是不是给她随过份子，写得都是肺腑之言，"大家许久不见了，婚礼一定要参加啊，真想见见你呢"，看得眼泪都快下来了。可这去了就是钱呀。二百元已经不好意思拿出手了，三四百吧，觉得不吉利，可给五百元情分没到呀，哎，愁死人。

有的时候婚礼成了社交场合，钱成了衡量人情世故的砝码。我曾经参加过一个朋友的婚礼，跟其他同去的人统一了给的钱数目就装在红包里了。可到那儿一看,有个签到处,所有来宾要当面把钱点清,并把钱数和你的名字自己写在本上。我用眼扫了一下,前后都是八百的。我赶紧退出来想等其他几个人到的时候再统一捐款,后来一个朋友风风火火来了,他一拉包,我看见一堆散钱。他说他一气之下,趁银行下班前把五百元全换成十块钱一张的了。结婚的那人是我们以前很熟的一个哥们儿,虽然几年没见,但听说升官了,所以份子钱水涨船高。一场婚宴据那朋友说还赚了三万,最后都买成债券了。

最近《钱江晚报》报道说,有位姓杜的先生一月内参加了十一场婚礼,平均每三天就有一场。为了应付频繁的婚礼,他已经向朋友借了五千元,送出红包达一万多元。你说随份子这事儿也不能打白条,给出去的都是真金白银。我看新闻里还爆料说,有的骗子干脆频繁换单位,到一个地方就弄场假婚礼,骗够份子钱再挪窝。

婚礼就像守株待兔,来的可不是一只兔子,全是一群一群主动往树上撞。

我觉得,不是特别有交情的朋友,结婚之后在邮件里发张照片,远比发婚礼邀请更让人心暖。对于随礼,也是量力而行吧,如果这不是作为人情投资,多与少不都是一份心意吗?

潜规则适应症

最近女秘书不知道得罪谁了，好端端地就把这群闺女划进了别有用心的范畴。而且国外还做了个调查，百分之三十八的女秘书梦想能与老板共结连理；超过百分之二十四的受访者则承认曾考虑利用性别上的一些"特征"吸引老板，以获得升级和加薪。女秘书，特容易让人往歪处想。加上现在潜规则这么多，弄得我们脑子里都把潜规则当正经道路走了。

前几天看一个单位招聘，其中要女秘书，我很低俗地想，这职位其实也就是文员，没什么脑子，打字接电话沏茶倒水，最多通知一下开会，能有什么事做呢？还得高学历、性格外向、貌美、能出差，跟找对象似的。也没写工资给多少，是不能写，没数的钱大概得看怎么发挥。我很鄙视这种单位，明摆着就没安什么好心眼儿。可就在我拿那张报纸擦玻璃的两天后，我们楼下一个闺女兴冲冲地去应聘了,就跟冤家路窄似的,多少年没说过话,那天她居然告诉我她到大公司当秘书,我问哪儿,她说的公司就是我鄙视的地方,野模集中营似的。

咱也没敢多说,毕竟不熟,不能直接跟咱在这圈子里混过似的,告人家小心骗局。老板是不是别有用心,全是我自己凭借一颗小人之心瞎琢磨出来的。但我也不能什么都不说,我问了很多,诸如你了解这公司背景吗,单位给不给上三险这些庸俗问题,闺女兴奋劲儿没过,嘛也不想,冲劲十足,如同被抛弃多少年可算赶上个好人家收养一样,一说话,眼神里都是要去报恩的样子。这么有决心,这咱们就管不了了。

我开始注意楼下这闺女的作息时间,观察了一个月了,也没看出什么,行色匆匆,出来进去总挡着脸。我想,坏了,准有事儿,不行就报案得了。终于有一天,我实在按捺不住自己的好奇心,在她必经之楼道上劫住了她,问工作干得怎么样。闺女一把把我拽她们家去了,我心里咯噔一下,有事儿!

那闺女不动声色,把高跟鞋甩出去老远,在我前面转了个圈儿,要跳芭蕾,估计受刺激了。基于我跟她并不熟,坐着很拘谨。"女秘书"以为我要跳槽去他们单位,问我:"咱俩明天去隆胸吗?"这话跟炸弹似的,我差点弹起来。我问:"这是你们单位要求的?"她说,不是,但工欲善其事,必先利其器。

江湖太凶险了，到处都是潜规则，而且时候长了容易让人当成定律。这样的工作，不要也罢，因为本分人家的闺女，压根儿就没有那金刚钻。

线绳没弹性

我习惯使猴皮筋,因为有弹性,你没看卖海螃蟹的都用猴皮筋捆着它们的大钳子,只有个头小没什么折腾力气的河螃蟹才用点草绳子绑。猴皮筋的好处就是能一步到位,省事方便体贴,跟它的帮助对象能混为一体,只要你不用利器愣挑或者拿火烧,它不会断。而做朋友,就得跟猴皮筋似的,在他需要你系紧的时候,你能弹着就过去,而且紧紧环绕,不留缝隙。

可有的人偏偏就是线绳,他也关切,在你需要的时候也拉着长长的身子来到你的身边嘘寒问暖,可松松垮垮的绳子干什么总是慢半拍,要没富余的手系扣,它就只能耷拉在那儿。

身边经常有这样的人,特别热心肠,就喜欢关心别人,可他关心得极不是火候。比如一个朋友父亲去世,他一直跟父亲生活在一起自然感情深厚,在他遭受打击的时候很多猴皮筋朋友陪着他度过一个个难眠之夜。线绳是几星期后出现的,人家那会儿都好差不多了,好不容易不难过了,他倒好,上瘾似的打电话鼓励人家得振作,说谁都有撒手人寰的那一天,听得那哥们儿又把以前的事记起来了,哭得跟泪人似的。

还有的人,看见身边人工作上遇到什么不顺的事,当时绝对不会多事帮别人积极想办法出主意,等这事过好几天了,他跟刚知道似的,跑过来问:"那事怎么样了?老板没拿你怎么样吧?"表现出一副幸灾乐祸打听闲事的样子。其实就算他满心真诚,也够让人烦的,欠抽型的。

线绳出现的时机是掌握好火候的,别人见面,他打电话,别人打电话,他发短信,他们总是有备而来,后发制人。这些人开始不想强出头,怕不知道说什么好,又怕关心之后得赔上工夫赔上钱,等过后觉得不合适,又补上,反而效果挺差的。别人要领会错了,以为你在挖空心思拿人家取乐呢。

过时的关心挺多余的。结实的线绳留着纳鞋底用得了,想方便省心还得猴皮筋上。

自信的力量

我最讨厌瘦子在我面前皱着眉头说自己太胖,要节食要减肥。本来好端端的用餐气氛,就因为几个女瘦子说自己得减肥把碗推到一边,几个男胖子说自己胃不好,中午一般不吃饭,全给破坏了。本来我以为他们是客气,可当我抬起头,发现所有人都一副酒足饭饱的样子,端着茶杯聊起大天来了。只有我,伸着筷子还琢摸下一口夹哪个菜呢。我恨恨地把离我最远的一个盘子端自己面前,正要夹,旁边的同学跟我使了一下眼色,那意思,别吃了,太不合适了。

打小因为家大人总说吃饭要细嚼慢咽,所以我闷头吃就很浪费时间,别说边嚼还要兼顾着跟满桌的人套磁,我始终弄不明白那些说话的人拿什么时候吃的饭。我这个人对吃什么一点也不挑,可总得让我吃饱吧。这些节食的人到饭馆简直就为了给人家募捐来的,拿着菜单胡点一气,有的菜刚端上来,还没放桌上呢,就有人嘬牙花子,"这菜怎么这个做法呢?"跟他多懂行似的,我盯着服务员说:"你别放桌上,能帮我们把这菜踹给别的桌吗?"那个长得特别鸡贼的服务员笑了笑:"您点的这菜太特别,一般没人点,踹不出去。"要光听他这话,人家得以为我们不定点了什么呢,其实,就是一盘茄子。

在满桌都一门心思地谈人生、谈煽情电影的时候,我忽然想起来饭店说的白给的酸梅汤没给我们上,于是大喊:"我们的酸梅汤呢?"这句话,打断了一位正在海聊他跟他前妻一生情半生缘的八卦新闻。他私下里问我除了酸梅汤,还记住嘛了,我说,还觉得我根本没吃饱。这就是我一点不喜欢饭局的原因,你说闲聊天,非摆满桌子不能总夹的菜干吗?又不是一群神仙,守着上供的东西才能法力无边。

他们都说现在是贴秋膘的好时候,我也不知道这是提醒人呢,还是提醒养牲畜的呢。反正我觉得,我成天昏睡不醒,一般醒了就赶饭口了,吃完一迷糊,又一觉。我知道自己挺胖的,这点我很自信。我也知道还有比我更胖的,所以我一点都不担心。

从小名人名言里就宣传人要有自信,跟我一起成长的同龄人都能做到独领风骚几十年。尤其一女同学,她说他们家遗传胖体型,除了她都太胖了。她说这话的时候,已经保持一百八十斤的体重好多年了。身高才一米五几的个头儿，骨头缝里得挂多少肉啊！我再见她的时候，她的毛重已经降到一百五十斤了。

这姐们儿见我第一句就说："你都这么胖了！"我愣在那儿，她拍着自己的肚子说："你看我这几年瘦的，都快脱形了。"我还觉得我跟她站一块自己胳膊跟麻秆似的呢！我很严肃地质问她："你从来没觉得自己胖过吗？"她很认真地看着我的眼睛："我胖吗？我一点也不胖啊！"看得我都有点发毛了。她接着说："我一百八十斤的时候也没觉得自己胖，真的。在心里，我始终觉得自己又瘦又高，到现在也是。"这世界上怎么有这么自信的人呢！看别人都又矮又胖，只有自己玉树临风。我实在好奇就问："你不照镜子吗？"她说照啊，指了指挂墙上的一面镜子。

那镜子一般是家庭照妖用的，巴掌大细长条儿，搁窗户外面反射阳光以达到迷信目的。这小镜子摆家里，是照不出人胖，饼子脸在里面都是瓜子脸，镜子形状那儿摆着呢。

自信是具有能量的，很能感染人。我打她那儿出来，我也觉得自己又高又瘦了，所以，睡觉，贴秋膘，决不含糊，先吃饱了再说。

澡堂子那点事儿

有个朋友电话里问我:"你知道哪儿洗澡好吗?"我说:"水热不就行吗,你们家水管子堵了?要不上我们家洗?"她说,她爹地生日,她打算请全家去洗浴中心,想找个环境好,娱乐设施全,休息舒服,自助餐不错的地方。她开出的这几个条件,没一个跟洗澡沾边儿的。不跟我似的,先想水流儿冲不冲,给不给毛巾拖鞋。

我始终不理解洗澡算啥娱乐项目,充其量也就算个打扫个人卫生。可是,有的公司部门员工还能在澡堂子里开会,大家都穿着地主似的统一服装,四仰八叉地坐在藤椅里,还有的人像猴子一样一条腿蜷着,自己玩自己的大脚豆儿。

我还见过一女的,赤条条无牵无挂地坐在梳妆镜前,往自己身上抹润肤露。你说洗浴中心提供的化妆品也没什么贵东西,值当那么狠抹吗？可她就能特别踏实，跟文身似的给自己做四季保养，先胡噜再拍，伸胳膊伸腿儿，一点儿不嫌麻烦。吹风机的电线短，所以，我只能就乎在她旁边。那女的还不乐意了，在嘴里吱吱吱地嘬牙花子，我一个穿衣服的能怕光身子的吗，没搭理她。一会儿，那女的拿手扒拉我牛仔裤，蹭我一裤子油。她说："你往远处站站，风都吹着我了。"我扭头一看，她那一身，跟刚打油锅里捞出来似的，都反光了，倒是防雨。我问她："你不用吹吹干吗？身上全是明油。"她把脚一下就搭在台面上了，接着抹大腿。我看那意思，还真心虚，我就害怕不含糊的，尤其她脚腕子上还文了只蝴蝶，怪吓人的。我赶紧把吹风机关了，走人。

在洗浴中心，用来洗澡的时间估计是最少的。总是能见到一些稀奇古怪的人，大概人放松到连衣服都脱了的地步，全都能坦诚相见了。

我还是喜欢以前的"浴池"，小的时候骑车到妈妈单位，等她下班跟她一起洗澡。端着盆，带着报纸，一看就是去做卫生的。因为哪儿哪儿都是湿的，所以要用报纸垫着放衣服。因为都是一个单位的，所以洗起来特别谦让。不像外边那些浴池，只要占着一个喷头，就跟要吊死在那儿似的，周围站着多少光着的同性观摩都无所谓，不耗到虚脱前坚决不挪窝。

大概以前家家都没条件，所以一个星期能洗上两次澡很奢侈，至今依然记得打澡堂子里出来那种舒服。

　　现在提闺蜜，都知道肯定穿过同一件衣服，睡过同一张床，分享彼此的秘密什么的，但我们那会儿闺蜜的基本条件就是，成天一起洗澡，一起上厕所。

　　多年前跟一朋友在大澡堂子洗澡，就带了一双拖鞋，所以谁先洗完出去穿好衣服，再把鞋扔进来。结果地上肥皂水太滑，我正闭眼洗头呢，她已经人仰马翻，俩脚丫子伸我眼皮底下。忽然她跟会武术似的，鲤鱼打挺起来了，澡也不洗，拉着我就往外跑。我问怎么了，她说："我脑袋把瓷砖震裂了，快跑，要不得赔。"

每个人都有怪癖

有个哥们儿说,每个人都有不为人知的怪癖,为了应和他的这句话,大家都在绞尽脑汁往自己身上想。我们屋一位叫猴子的男同事,他的怪癖是喜欢半夜偷摸擦瓷砖,厕所的厨房的,是瓷砖的地方他必须都来一遍。我估计他老婆恨不得窗户也给改成瓷砖的,多省心啊,这年头儿小时工都不加夜班。

我一姐们儿,怪癖是喜欢薄荷味儿的东西。口香糖、牙膏、冰激凌、洗头水,反正但凡能放添加剂的东西她都要薄荷味儿的。有一天,她特高兴地跟我一起去厕所,一推门从口袋里掏出个卫生巾,问我:"用吗?"我一口回绝,随口问了句:"这也薄荷味儿的?"其实我真是随口瞎说的,没想到撞上正确答案了。这闺女瞪俩大眼问:"就是薄荷味儿的,你用过?真倍儿清凉。"她大概清凉到心坎里了,我觉得浑身寒毛又竖起来了。

说起怪癖，邓克拉喜欢收集打折券，她扬言打工作就没买过任何不打折的东西。在她心里，打折就跟打劫一样，是笔上算的买卖。前日，她怀揣打折券，招呼我们一行三人跟她去某饭馆吃饭，因为邓克拉请客，蹭吃蹭喝的这帮人是没资格挑地方的，所以大家跟着她走啊走啊，就不打车。

当天邓克拉穿着一件维尼熊似的浅黄低胸长裙，胸口处有个大蝴蝶结，因为衣服有点松，走两步蝴蝶就往下掉，敞亮的胸怀就显现出来，她一个臂膀勾着自己的小挎包，一手跟拎着塑料袋似的，抓着胸口的大蝴蝶结，时不时小高跟还被盲道绊一下。到饭馆门口，把她书包的子母扣儿一按，一把打折券，跟扑克牌似的在手里捻，像来收租子的。服务员立刻给拦了，笑着说："对不起小姐，打折活动已经停止了。"我们面面相觑。邓克拉是个要礼儿要面儿的人，就算临时涨价，她也得硬着头皮进去。

我们安生坐下，她不见人影，一会儿，端了满满一大盘子水果过来，招呼大家："这地方水果免费吃！多吃啊，咱就不点喝的了。"要说，占便宜这事儿，我们个顶个都挺争气的，不就是吃吗，只要不花自己钱，绝对能超额完成任务。当我们这边吹起战斗的号角，那边邓克拉又问上服务员了："现在真什么优惠活动都没有了？"男服务员笑了笑说："有个情侣玩游戏，赢菜品八折的活动。"一听有打折的事，邓克拉立即眼冒蓝光。因为我们四个人都是女的，其中一个落寞地强调："是得一男一女吧？"服务员点了点头。邓克拉并不急于点菜，把菜谱啪地合上，然后突然冒出一句："同性情侣能玩吗？"服务员见多识广，轻佻地说："当然能。"邓克拉猛地挎住我的胳膊，"走，做游戏去！"

尽管我在任何场合都不怵头装傻充愣的角色，但新任务降临得太突然。另两人还起哄，为省二十块钱不惜把革命同志推向火坑。也就我，沉着冷静，想着匪夷所思的"做游戏"这仨字就上场了。好在，饭馆的人心眼儿好，要搁我，不定预备多低级趣味的游戏让你玩呢。其实就是飞镖，镖盘为心形，俩人正中靶心就能菜品八折。我们就玩起来看，压根没经验的手哪有准啊，就差扔服务员脸上了。裁判说，不能打折了，不能玩起来没完。我很诚恳地说："这是我们定情的一顿饭，不扔到红心上，我们不走。"一堆服务员倍儿没辙地看着我们俩你扔完我扔，最后，终于邓克拉的沾上点边。服务员说，八折八折！估计早不耐烦了。我们俩跳着脚击掌，整个饭馆的人都看我们，服务员还鼓掌，祝福我们这对儿为吃便宜饭改变性取向的新人。

落座，另两个就说："为省二十块，干杯！"

纯爱像蹭一脸的雪花膏

我跟如花姑娘坐在肯德基里吃中午饭,因为人多,我们俩同桌似的挤着,各自识趣地拿外边那手抓东西吃,里侧的胳膊都耷拉着。坐我们对面的是一对情侣,是初恋还是热恋已经看不出来了,这年头儿,早已看不出时间的痕迹。俩人拿薯条逗弄,女的让男的张嘴,等男的打算咬的时候再顺势把薯条直接扔自己嘴里,然后嘎嘎乐,由衷地喜悦。我跟如花面面相觑,都不好意思正常抬头看。那么单调的游戏,原以为逗一下两下就差不多了,可他们买的是大袋的薯条,逗来逗去才下去小一半,而且两人兴致盎然。男的是拿薯条沾了番茄酱,往女的脸上蹭,你倒躲啊,可女的一边尖叫,一边还把自己脸往前送,然后娇滴滴噘着嘴告诉男的:"你舔!把你抹我脸上的都舔干净!"我原以为男的会不好意思,没想到,男的跟狗熊似的,伸着舌头就上了。也不知道舌苔上有没有倒刺儿。

我皱着眉头看如花,心想我眼睛简直没处放了。如花看得都呆了,准当自己进电影院了。对面的一男一女很投入,专业精神令人钦佩不已,人来人往的那么多人,他们也没中场休息,我都想替他们再要两包酱去。我拿腿碰了碰如花,小声说:"要不咱俩也互相喂喂,估计他们就能走。"如花白了我一眼,"你以为人家看你呢?"然后接着看她的,直勾勾盯着那一男一女。

对面的情侣可算把塑料盘子里的东西糟蹋完了,在我们的目送下勾肩搭背出了门。我以最快的速度坐到如花对面,如花拿原味鸡指着我说:"看了吗,这叫纯爱。"我没接这茬儿,"给我张纸!"她说:"我都用了,没新的了,你自己要去。"我张着手:"用过的也行,我总得有地儿吐。"

如花是个纯情的姑娘,她会做饭,为人坦率,工作不错还有房,我觉得她身上都是优点,可是,就因为跟男友分手后一直没找到纯爱,经常黯然神伤。前段时间,我给她打电话,她正闷头痛哭呢。她眼泪一般都为特不着边儿的事流(比如冰箱里没吃的了),所以我根本没往心里去,就拉长音儿问了一嗓子:"这又是为什么呀?"如花吸着鼻涕说:"我前男友结婚了,那是我的纯爱。"这都是看《山楂树之恋》受了刺激吧?我说:"你找不着对象,不能拦着人家娶媳妇啊!"可她就是难过,絮絮叨叨说着上大学那会儿的事,什么在食堂为她打饭,什么生活费都不花饿好几天,就为给她买一个能拍照和听歌的手机,什么大冬天给她买早点怕凉揣怀里蹭一羽绒服等等,我把电话按成免提,跟听评书似的一边洗衣服。突然就听她在那边问:"你说,他是不是因为我胸小啊?男的都在乎这个。"

我当时就不乐意了,抓起电话说:"你以为男人都是登山运动员,跑你这儿练习攀岩来了?没抓头儿,干脆就不打这儿登顶了?"她还在那较真儿,大声呼唤纯爱。我说:"你们隔着河跟气功大师似的比画拥抱姿势了?你们握着手躺一床上睡觉了?他跳船蹚河了?他给你洗脚用俩脸盆了?他给你拿纱布包脚丫子了?他动不动就玩死签儿拿刀剁自己?要都没干过,就别提纯爱,懂吗?"

男人女人的纯爱就不在一个时空里,男人大概只会在十几岁时能耐着性子不吃不喝地坐在你旁边看着你,他犯错的时候等着你的原谅,他得意的时候等着你的赞美。当男人老大不小人到中年,哪个会干坐着看自己老婆一口一口吃薯条蘸酱啊,就算有那闲心还看小三儿呢。而女人,对于纯爱的向往似乎到死都在心里埋着期待。纯爱,就像装在高档瓶子里的劣质雪花膏,抹脸上以为能去皱,其实能起到护肤作用就不错了。

动物园里的高级酒店

前几天在北京办完事打算回家,阿绿电话追来,急切地邀请我住一晚。这个邀请来得实在太突然,我就问了,为嘛呢?她激动地说:"正好有个会,在某某山庄开,里面住的都是名人,酒店一晚上打完折还得三千多,我受邀请了,咱能白住,而且早餐免费,随便吃。"她一强调钱,我的心理底线立即坍塌了,咱这么好心眼儿,坚决不能让招待方白糟蹋会务费啊。而且,她还说里面有黑天鹅、梅花鹿等等珍稀动物,描绘得跟原始森林似的。我一想,别看走南闯北的,还真没住过带动物的庄园呢,得去!

我们酒足饭饱,满怀去住高级酒店能混杂在各路名人中间的复杂心情,站马路边打车。那山庄离市区有多远还真没谱,上了出租,一说地点,司机开了没两米就说:"我开一天车了,还没吃饭,得回家,我不要你们钱了,到前面路口我给你们停下,你们换辆车。"我刚要说这叫拒载。阿绿特有同情心地说:"哎呀,这么晚还没吃饭啊,那我们下吧。"当我们在寒风中又拦下一辆车,没两米,司机又说:"我站错道了,你们赶紧下吧,我右拐不了,去不了那边。"我们生生被哄下去了。我开始嘀咕,这山庄到底是坐落在有人烟的地方吗?我们分别守住两个路口,终于冒着生命危险拦住了车,我告阿绿,就算司机说家里死人了,咱也不下去,大不了跟他回家处理丧事。

因为信心坚定,我们还真到了某山庄,那叫远啊,路倍儿宽,就是连人毛儿都没有。因为已经十一点多了,山庄啥样在昏黄的路灯下根本看不清楚,太能省电了,灯泡用的大概是一瓦特节能灯。酒店在山庄紧里面,迎面一个大铁笼子,装野兽的那种。我使劲趴车窗那儿看,也看不清到底关的什么。太有动物园气氛了,一路上都是笼子。最后终于到了一个低调的拱形石门旁,车停了。

我们进去,用欣赏的眼光到处看,阿绿为了能在早晨抓拍点动物,还扛了一架特别沉的单反相机。看够了,我们到前台,她拿俩指头轮流敲着柜台:"预订完了,我们入住。"报过名字,服务员说:"对不起,预订房间里没您的名字。"阿绿脸有点变色,急忙退后两步给组委会打电话。我支棱着耳朵听见对方说:

"您记错日子了吧？会议是明天的，明天才能入住。您看看要有空房今天入住也行，我们一起结账。"说得很得体。

我松了一口气。俩中年妇女又站回柜台，她接着轮着俩手指头敲："我们直接入住吧。"服务员说："对不起，我们今天房间全是满的。"太故意了，那么贵的地方，还全占着房子。我们俩沉吟着，沉默着，灰头土脸地走出来。阿绿在路灯下一个胳膊搭着我的肩大呼："咱找地方开房去！"俩女的，这不是撑得难受吗，大半夜的，打了一百多块钱的车到一个鸟不拉屎的地方，就为了睁眼能看见"禽兽"，还给哄出来了。

我说，开什么房啊，哪儿都是野地。赶紧回市里吧，挤你那单人床去得了。我们在马路上跟俩被流氓抛弃的怨妇似的，光在那哭天抢地地挥手了，私家车嗖嗖地打我们身边过，愣没一辆敢停的。终于遇见辆开错道儿的出租，把我们又拉了一百多块钱的路，从五星级直接扔阿绿的蜗居门口了。她跟其他三个陌生女人合租的小单元，进门就上床的那种。我打算给手机充电，她屋里三个插座居然都没电，这平时是怎么活过来的！

我去厕所，居然门上没锁，关上还能自动敞开。也没扔手纸的地方，我举着纸在屋里转悠，阿绿说以后你直接扔马桶里冲走就行，我得令，直接扔里了。可是！可是马桶里居然没水，那张手纸缓缓展开，盖在水面上。我找阿绿要了个盆，从厨房打了水倒进马桶。我一转身,一老大姐,光着身子站门口看着我,我哪见过这么原始的人类啊,要戴了帽子头发都得给它顶起来。老大姐一副忘我境界,笑了一下,坐沙发上削苹果,也不怕着凉。

我问阿绿,你都跟什么人住一块儿了这是?她说明天就能住五星级了,快睡吧。

我转天一早就回家了。她又单刀赴会去了,终于晚上入住了高级酒店,但因为太豪华,房间太大,她说她特害怕。一直上网,跟国外的同学瞎白话到天亮,那昂贵的大床连躺都没躺。早晨吃免费的早餐,因为身边全名人,她还端上了,只喝果汁,会议还没开,她就开始拉肚子跑厕所。这便宜占的,太亏了。

花钱是个大爱好

我对朋友有个最底线的认可,就是必须孝顺父母,如果一个人连自己的父母都没有责任,怎么会对朋友好呢?所以,冯冬笋再抠门,再不着调,我们的朋友圈子还是向他敞着口儿,别看跟我们吃饭从来不掏钱,但对他爹妈,螃蟹肥的那会儿多贵都得买俩回去给不舍得花钱的老两口儿尝尝鲜。就为这,我们的友谊始终像笔直的大道一样连着远方。

可前几天,冯冬笋当着我们一群女中年的面,在电话里跟他妈大喊:"回家我就把你的净血仪扔了,把墙上那个年初买的净水器砸了!我不扔我就不是你儿子!"然后把刚买没几天的"四袋苹果"扔在桌子上,手机在玻璃上出溜,我手疾眼快抓住,可不能给掉地下,怪可惜了的。"咱妈怎么了?"大家纷纷问。冯冬笋说:"咱妈迷上花钱了。"我们集体大惊失色。

一打听，才知道老太太成天去卖保健器械的地方免费体验，一大早一群人在小铺外面排队，进去先听讲座，传销般的口才能不把老年人白话晕吗？再免费给验血量血压，个个都病得不轻，能活着，简直完全是靠毅力。这群铮铮铁骨为了让自己顽强地活下去，几千几千的保健用品往家买。

我们作为说客去了冯冬笋家，老太太一看那么多人来，特别高兴，把我们往她那屋拉。一套床上用品七千多，床单一撩，下面是个不知道什么石头块做的凉席一样的东西，老太太把我往床上推："你躺躺，特舒服，能治病。这有保健功能的垫子是赠的，要买得一万多呢。"我心话儿了，得多大的买卖呀，买七千赠一万。再看地下，一个电饭煲还没拆，我拿脚尖指了指："这多少钱？"冯冬笋抢答："三千！"说实话，虽然没花我的钱，我心都疼了，简直没心情扫听价儿了。可老太太很兴奋地要给我们挨个体检，床边的桌子上摆着俩仪器，一台是净血仪，一台是血液细胞分析仪，俩东西加一块儿又小一万。我轻声对冯冬笋说："你们家要出居里夫人了。"他白了我一眼。

要说我妈，也经常上当，买回点根本没法用的东西，但她起码心疼钱，只要一贵，立刻走人谁都别想往回拉。可冯冬笋他妈，勤俭持家一辈子，突然枯木逢春花钱全都大手笔。我问这净血仪有什么用，老太太说，人的血里有脏东西，把仪器上的鼻套往鼻子里一插然后按电钮，血就干净了。她说："这个仪器其实还可以治疗痛经、感冒、鼻炎、便秘。"天啊，还包治百病。这是施了什么迷幻药了，怎么不直接买个透析仪器呢。老太太简直就是个科学家，什么都敢拿自己尝试。我睁着无知的小眼睛问，那血液细胞分析仪干什么用呢？老太太说："能随时知道白细胞总数啊，淋巴细胞百分比还有平均红细胞体积，就不用去医院排队检查了，在家就能知道自己的健康情况。给你们抽点血，一会儿就有结果。给你看看？"我都快哭了。老太太拿自己钱在家愣建了个医院的检验科。

闷了半天的阿绿说："我婆婆还买过一种保健药，说是从太空来的，治心脑血管的。"我迅速一把捂上了她的嘴。我们都能听出来这句是讽刺，可到老太太那儿就变成鼓励了，买的破烂够多了，不带还提示的。

老头老太太们不舍得吃不舍得穿一辈子了，一沾买保健用品就跟玩游戏"血全满"似的，也兴秒杀。阿绿说她婆婆前后买了七个臭氧机，亲戚都送遍了。只要说好，能不得病延长寿命，他们就深信不疑，多贵都舍得往外掏钱。有个地儿新闻里说，老人们的保健器材推荐课程都安排在早晨五点上了，就怕被儿女们拦截。

我都替冯冬笋发愁。

婚姻就是口老锅

婚姻法最新解释还在投石问路阶段就引起了轩然大波，法律干吗的，就是一个分钱的尺度，感情人家不管。新解释说了，房产证上写谁的名字房子归谁，谁付的首付房子就是谁的，到底对方帮着还没还房贷，生孩子带孩子付出没付出精力，法律不管这个。一刀切似的结了婚就得分一半财产这规矩要被瓦解了。

我一个朋友在第一时间给我打电话："我要离婚也选择私了，要真按这条款叫阵，我只有被扫地出门的份儿。谁买房那么计较名字啊。"我说，你就别离呗。这条款是制约那些二奶小三的，你一良家妇女哆嗦什么啊？再说了，婚姻就是一口老锅，人人都有黑锅底一蹭一手黑，光看锅盖能看得出什么来。法律也不是锔锅补碗的，哪儿漏给你堵哪儿，它是帮你砸锅卖铁的。

我参加饭局的时候发现大家在饭桌上更愿意谈孩子了，很忌讳谈配偶，因为你根本分析不出来谁离婚单身，或者谁离婚又结婚了，摆明面上的，仅仅能知道这人有几个孩子，至于有几个老婆，咱就不能问了。前几天，饭桌上的人各执一词，大家在交流怎么跟孩子当朋友。坐我旁边一大哥，穿着花衬衫，脑袋上包着条绿头巾，裤子上都是洞，脚蹬一双彩虹似的多颜色旅游鞋。我就好奇地问了一句："您打扮得真像个潮人。"那大哥说："潮吗？我这已经是特意穿得很低调出来了。"他在我旁边滔滔不绝地说孩子，从老大都说到老三了。我打桌子底下踹了一下旁边的人，小声问："我这是在中国吗？"旁边的女士很惊讶地提高了声音说："我也俩孩子。"我实在不好意思问，你们这些孩子都打哪儿来的。除了离婚结婚这么瞎折腾还有其他渠道吗？饭局散去之后，我对攒饭局的人进行了拷问，结果显示根本不是我狭隘，孩子的多寡还真跟结婚次数有关。就数已经投奔美好再婚生活的人话多，要翻开旧账，全是义愤填膺侠肝义胆，宁可天下人负我我决不负天下人的姿态。

　　我认识不久的一个姐们儿，有回车上忽然跟我谈起她的婚姻，我其实特不想往这个话题上引，跟咱多想知道人家走背字儿的事儿似的，可我说橱窗里的衣服不是正经人穿的，她就说，"我前夫成天买这种衣服给那几个女的，他背着我还有四个固定的。搁你，你跟他过吗？"我当场坚定表态：决不过了！我说，这家店孩子衣服不错,便宜。她就说:"他把家里钱全卷跑了,孩子也不要,踹给我,你说搁你,你跟他过吗?"我说,不能过!我又说,天气预报里说明天降温。她就说:"他这么多年连暖气费一年多少钱都不知道,压根儿没管过,搁你,你离不离?"我就纳了闷儿了,她前夫怎么就非"搁我",搁得着吗?

最妙的是,几天后,一个混乱的场合认识了她的前夫,我用特务般的语气告诉他我认识他的前妻。他当着再婚老婆的面跟我倒上苦水了,"你知道她背着我外边几个男的吗?"我眼睛发亮,"快说!"他伸出四个手指头。我勺差点儿掉碗里。接着,他又说:"你要跟这人结婚,你过得下去吗?"我摇了摇头。他接着:"一个女人,孩子也不管,家里乱七八糟,暖气费多少钱,你问问她,她都说不上来,家里大钱小钱都是我花,最后她还把钱都卷跑了。搁你,你还过吗?"我忽然就不喜欢听这种故事了,我叼着勺,含混不清地说:"以前戏文专业毕业的吧?你们不会因为记不住暖气费多少钱离的婚吧?以后比喻搁你们自己。"勺"啪"就掉地上碎了。

后来我就拒绝听一切离婚案例了。因为他们各执一词,都把对方说得一无是处,来衬托自己的高风亮节。其实冷暖自知,有的人离婚如同脱衣服,有的人离婚如同蜕层皮。再详尽的法规也断不了这复杂的事儿。所以,得过且过,婚姻就是口老锅。

科学成为脑筋急转弯

大概人类天生有探究神秘内幕的嗜好,所以我儿子从小看的都是自然科学的书,哪些植物不吃肉活不了,外星生物到底长什么样,我们的大脑在进化还是在退化等等,一般他问我的时候,我都顺口搭音,因为这些纯属闲白儿话题实在不是我能答得上来的,科学家怎么说,咱就怎么信吧,人家专业。

后来电视里有了《走进科学》的节目,我认为就是给我们这种热爱神秘现象,但同时没什么文化的人看的。抱着给自己扫盲的态度,我们端坐在电视机前,人家做的片头片花都特别耐人寻味,加上配乐,神秘感不比鬼片差。真是集集都有新惊喜。有一集,说有户人家屋里摆着遗像,但打入冬以来,遗像开始"流泪",你说搁谁家赶上这事儿不害怕呀,你晚上刚给擦干,早晨一看又流上了。把这家人吓得,就差去公安局报警了。把节目组招呼来,又是专家论证,又是街坊邻里采访,照片主人生前那点儿事都给倒腾出来了。我倍儿好奇,虽然我一点都不关心科学,但沾鬼啊神儿啊的就来精神。看到节目最后,推理出来了,遗像为什么流泪,是因为旁边的加湿器总开着,喷出来的那些水雾全挂遗像玻璃上了。

我哈哈大笑,这节目费那么大劲儿铺垫的情节一点用都没有,指不定耗在那揭秘报销了多少差旅费呢。

后来我就迷上了这个节目,因为太像脑筋急转弯了。比如有一期说峨眉山的一个古寺,地处森林深处,但屋顶上从来没有一片树叶。这到底是为什么呢?就这么个事儿,经过漫长的全方位的多角度的分析,采访了寺中实习的和尚、游客、保安、居士、文物管理局局长,那镜头角度给的,阴暗深邃,如同常年出来吓唬人的。最后终于在节目结束的时候草草得出结论,屋顶上为什么没树叶?是被风吹走的!

我儿子看完这集,立刻给我出了道题:"世界上最小的池,是什么池?"我皱着眉头问:"池?咱家洗菜池?"他大笑着说:"错!应该是手表里的电池!"我立刻鼓掌,太"走进科学"了。

话说,还有一集,某个村子每天半夜三更都有怪叫声,把全村人吵醒了,大家都不敢出去看,战战兢兢地失眠到天亮。采访了一大堆上了岁数的村民,传说这里出没野兽,每天夜里到村子作怪,闹得人心惶惶,音乐配的那叫一个到位,还分上下两集渲染,到最后,想知道真相吗?居然说山响的怪声是村里一个胖子睡觉在打呼噜!

还有一期,有个老人家的电灯晚上莫名其妙老是自己亮,结果大家都说他们家闹鬼,那对儿老人全病倒了,估计是吓得。这其中还请了很多专家,也无法解释,最后村里检修电路,说是开关的螺丝松了,紧紧就好了。这也算一期《走进科学》了。

《谁在背我飞行》那集,一开始气氛渲染得那叫一个神秘啊。说三十年前一农民前一天晚上十点还在河北交通闭塞的农村,第二天一早醒来发现自己在南京了,自己不知怎么回事。同样的情况又发生了第二次,一醒发现自己到上海了。第三次被俩人背着飞行了好几个城市。大概就这么个过程吧,节目弄得又是调查又是取证的,人证物证到处找。后来还给这个穿梭时空的人做了核磁共振和脑CT,也没查出什么病。最后专家得出的结论是:一切都是幻觉,因为他太偏执。

最哏儿的一期是讲老人自燃的,老人身上的棉衣乃至他摸过的物体都会自燃,你也想知道这是怎么回事吧?看到最后,是老人的外孙女点燃的,并且还引出儿女不孝这个话题讨论。

当科学成为脑筋急转弯,那就仅剩娱乐效果了。

拿病当玩儿

这几天走街串巷光进医院了。

前天一早奔一医院急诊,庆幸人不算太多。找了个身边没什么病人的大夫把挂号条交上去,反正也不是看疑难杂症,谁看都得开一样的药。大夫捂得那叫一个严实,特别像电视里肉联厂生产线上的工人,就露俩眼,人家低着头写字,一眼都不待看你的。我领命去验血。在楼道里缴费排队,然后辗转于各个窗口,在手指头上扎一针挤点血,继续等。当我拿着单子再走回大夫那屋,给我看病的大夫没了,桌子上铁签子上还挑着我的挂号条。

我就站桌子边等。虽然不认识大夫,咱认识桌子。耗了十分钟,大夫也没回来。我拦住一个穿白大褂的,问刚才坐着的大夫哪儿去了,那人就跟我光张嘴没出声似的,翻翻眼皮走了。

我开始在屋子里转悠，就差蹲地上看那些大夫了。我很没规矩地走到每个白大褂背后，伸长胳膊挨个翻病历本，我想知道我归谁管。后果可想而知，在我还没急的时候大夫急了。

病历本找到了，在我质问她为什么换座位的时候，被其他病人按住了肩膀，"咱看病，咱看病。"俩眼睛在口罩上面死盯着我，目光里充满杀气，她以为她是武林高手，死看着我，认为跟我废话不值当的。大夫连个胸牌都没有，到我把处方团成一团扔进门口的纸篓，也不知道她姓字名谁。

我又奔下一个医院，谁叫咱体温比正常人高那么多呢。这医院的大夫态度和蔼，如沐春风，嘘寒问暖，体贴关怀，跟组织上的人似的。他问我："烧吗？"我说："烧啊！"他说："你想打针还是输液？"我说："昨天打针了，又烧上来了。"他说："哦，你的意思是输液。那输液行吗？"目光诚恳地看着你，我只好点头。他又说："验血了吗？"我拿出单子。他说："那你看还验个尿吗？"我说："有必要就验。"大夫又点头："你的意思是验一个，那咱们就验一下，好吧？"我的心里开始冒火。他又问："咳嗽吗？"我摇头。他说："不咳嗽，那你说咱还验个胸片吗？"我咬着后槽牙说："有必要吗？"反义疑问句，而且说得很使劲。大夫立刻应声："哦，你的意思是不验，那咱们不验了。你先验个尿，好吧？"我不说话了，他又说："咱输什么液呢？你觉得喜炎平怎么样？"

我出了门,心里都快骂大街了,你是大夫我是大夫啊!看病有这么商量的吗,废那些话,根本不像医生跟患者,倒像医生跟推销药的,而且大夫的角色还得我演。在我百无聊赖坐在塑料椅子上输液的时候,跟身边的一个女的聊孩子,越聊越起劲儿,就快说到病好了一起欢聚了,一护士过来瞥了我们一眼,动作夸张地一把拽过我的输液器,大声说:"聊什么聊,你看看你瓶子里还有液吗?想聊天回家聊去!"我吓了一跳,瞬间就闭嘴了。怎么医院的人气性都那么大呢,我病了也没传她。

当我把我的医院遭遇跟北京一哥们儿汇报,他正在首都的大医院楼道里输液呢。他说他刚才去交费,里面收费的白大褂问:"小伙子,你衣服哪儿买的,我儿子跟你那么胖,总买不着合适衣服。"医院的人给点儿好脸儿,让他倍儿美,他说"就在美国",里面的人阴着脸,把找回的钱一把扔出窗口:"下一个!"那哥们儿说,其实他话还没说完呢,他是想说"就在美国大使馆旁边的批发市场买的"。

这哥们儿烧了三天,每天早晨五点半起床去医院输液,九点半到单位上班,最后一天输完液,直接就去机场跑香港出差去了。他说,你就别拿病当回事儿,更别拿大夫当回事儿。当玩儿,就轻松多了。

你说,玩点嘛不好,非病着玩。

收银机是貔貅

童女过生日,童男要献爱心,要求我必须去买带水果的蛋糕。说实话,要不是因为有孩子,我这辈子都不会吃蛋糕,我一看大玻璃里那些穿白大褂的师傅跟从浴池里舀肥皂沫子似的,把那些奶油甩在蛋糕坯子上就反胃,仿佛看见那些油腻腻的东西挂在我的肠子上。但谁叫孩子喜欢呢,就跟喜欢童话里的美好似的。拽着我就奔刚在一栋大厦里落脚没多久的蛋糕店去了,这品牌是孩子选的,也是受了童话的蛊惑,以为米老鼠他们家开的店呢。我们就奔老米他们家的旗子去了。

店里很清静。进去可以直接翻画,反正童男觉得哪个顺眼就买哪个呗。蛋糕画册倍儿好看,他本着选择水果多的那页,左右斟酌,仿佛看见了童女满意的微笑。终于选定,而且他挑的,大玻璃里的蛋糕师正在给别的客官做。童男就趴在玻璃外眼巴巴看着,做蛋糕比他玩橡皮泥都省劲儿。我去刷卡,收银员很客气地说,我们这儿只收现金。

付完钱,看见前面客官的那个蛋糕收尾了,我忽然发现,蛋糕中间的用料跟画儿上不一样。画儿上的水果是大块儿的,实物的水果不但是罐头里直接倒出来的,而且都是特别小的碎丁儿,也不好看。

我赶紧叫过店员问哪款蛋糕新鲜水果多点儿,不想让孩子吃带防腐剂的罐头水果。店员又在我面前哗啦呼啦翻了一遍。说蛋糕只能做圆的,心形和方形要提前两天定做,当她的手终于停在一个画儿上,随和的童男说:"行。"我去交款的地方交涉。收银员一指禅敲了敲键盘,先说"不好意思",再说:"我们的系统不支持退款,您要改的蛋糕比刚才那个便宜了十块钱。您只能选价格同样或者更高的才能换蛋糕。"我这个没脾气的人一下脾气就来了。这是嘛系统,光往里胡噜不往外胡噜?

我耐着性子又说:"那能把我订的蛋糕上的水果换成新鲜水果吗?不换蛋糕也行啊。你们也没做蛋糕,也不构成你们的损失。"三个店员同时围拢,连做蛋糕的也出来了,站在柜台里面认为我很无理取闹。三个人操着小芳的口音跟抢答似的,我都没机会提问。一个心眼儿活的给老板打了电话,大概里面说能换。做蛋糕的大师傅冷漠地看着我说:"可以给你换,但边上只能换成圣女果。"我就是刚打农村来,也知道圣女果是嘛。谁家蛋糕上摆西红柿拌白糖啊?

我顶着一脑门子官司又问:"能换成草莓吗?"柜台里的眼神都能杀人了,声音打牙缝里挤出来的:"不能,我们草莓是有数的。只能插在切块蛋糕上,不能用在大蛋糕上。而且给您插上,草莓的钱就要从我们工资里扣。"我认为此时我头顶已经冒烟了。

我说那麻烦你帮我退了吧,反正你们蛋糕也没做,我去别的地方买。收银员说:"对不起,系统不允许退货,退不出钱。"我心里已经骂大街了,他们以为自己摆的收银机是貔貅呢,只能进不能出。我说,"买服装电器哪个不比蛋糕贵,都能退,为什么你们不让退?"服务员说:"行业不一样,我们确实退不出钱。这是公司的规定。"

我想打电话投诉,一看手机还没信号。

童男惦记着在家等蛋糕的童女,为了不让妹妹失望,他拉着我的衣襟使劲摇,"西红柿就西红柿吧。"等西红柿蛋糕的时候我看见橱窗上几个大字"蛋糕以实物为准",翻译成普通话,不就是"做成嘛样是嘛样"的意思吗?

这样的服务,无论你打着米字旗还是星条旗,反正我这辈子都不会再进了。蛋糕不是馒头,为的不是解饱,为的是心情。

别总动手

我觉得现在换手机怎么跟当年买自行车似的,普及非常神速,呼啦一下,身边人掏出来的全没按键了。而且你倒是差开点样儿啊,跟约好了似的全一个牌子,在这种大环境下,你要还在那儿用大粗手指头肚按键盘没准都觉得自己特没面子。

自从我换了新手机,认为自己的手指头长得太有用了,神笔马良还得找根棍儿呢,咱不用,直接在小屏幕上戳。连笔不认,咱重写,笔顺不对不认,咱　重写,谁叫咱用了触摸屏的手机了呢,写一句话的短信至少得半个小时,时间短了显得咱的手机智能不够。

你拨号得拿手吧?咱这手机不用。你举着电话还在通话中呢,一说到高兴,脸巴子一扫,自动拨号了,手机自己给你安排了三方通话。手机跟算命先生似的,只要你眉飞色舞,立刻得找人分享。再说耳朵,搁一般人,耳朵也就听听声音。但同样是打电话,你脑袋别动,角度稍微偏点儿,耳朵一蹭,免提开了。手机里的声音跟大喇叭广播似的,突然蹦出来能把周边的贼吓一跳。

当然,手机最大的功能还不在这儿上,它极度提高了人们的动手能力。昨天,赵文雯踢跶着拖鞋过来,问我们家有线电视有没有影儿。她不定多少日子没交费了呢,特别趾高气扬地问我。她死眉塌眼地认为,我有的她必须有。可我已经好些日子不看电视了,差不多都忘了先按哪个遥控器才能开电视了。鼓捣了几下电视才打开,把俩遥控器都扔沙发上,她爱看嘛看嘛,我接着坐电脑前面忙乎我自己的。

我稿子写完了,也没见她出什么大动静,进客厅一看,你猜怎么着,这女的站我们家墙边,一只爪子扶着门框一只爪子在胡噜我们家等离子的大屏幕。我开始以为她好心眼给我们家电视擦土呢,后来居然看见她还在屏幕上拍拍打打。我倒不担心她是否会电着,我心疼我们家电视啊,那么大尺寸呢。我大喝一声:"你怎么这么歹毒呢,你们家有线电视到期了,你跑我这儿祸祸上了。"赵文雯明显吓一跳,手都不扶门框了。同样大呼小叫:"你们家什么破屏幕,反应那么迟钝呢!"

我跳着就到了客厅,打沙发上捡起俩遥控器,就差拍她脸上了,"你们家电视触摸屏的呀?全中国也没几家用。你看看你手上油全抹我们家电视上了。"赵文雯哈哈大笑着,拿我指头戳着我的眼镜:"哎呀,我现在看见屏幕就上手,都忘了遥控器、键盘什么的了。"

其实别说她,我在别人旁边说电脑里文件的时候,也经常直接就拿手指头划拉人家屏幕,还总埋怨反应慢。

这高智能的东西把我们都训练得跟个傻子似的。到酒店、咖啡馆之类的地方先不说话,各自默默掏出手机找人家无线网络,欣喜若狂地吐出第一句永远是"上去了,赶紧蹭网",就跟哪儿都上不了网,对知识多么渴望似的。有孩子的,一回家,孩子兴奋地跑过来,第一句绝对是:"手机呢?"我们就跟交枪一样,手机被没收迅速变成游戏机。祸害呀,这还能好好学习天天向上吗?

我越来越怀念以前朴实无华只能打电话发短信的手机了。

养母难当

因为对《里约大冒险》很着迷,我领着土土出了电影院就直奔鸟市了。要说养鸟,我打小就有这爱好,在家大人眼里就是"不好好念书,成天提笼架鸟",没少挨骂。好歹我混成家长了,直接做主去逛鸟市。

放眼一条街,全是老头儿,倒有几个卖鸟的留着长头发,当然,别扭脸儿,转过来,还是老头儿。我领着孩子,跟到了百鸟园似的,一边指着根本不认识的鸟点评,一边跟他讲我小时候驯鸟的往事。他倍儿崇拜我,简直我就是从那动画片里走出来的。

本来就想看看的,但走到卖鹦鹉的地方拔不动脚了,鹦鹉品种繁多,欢蹦乱跳。土土问卖鸟的,有没有蓝色金刚鹦鹉。人家都没正眼看他,跟没听见一样,该干吗干吗。别说压根没有,就算有，把我卖了也不够换的。我说："他们都是亲戚，虎皮鹦鹉多好，也浑身蓝毛。"要说小孩好骗呢，他也没太多质疑，站鸟笼子前面举着我手机，放着 LADY GAGA 的狂野歌曲扭开了。估计还没从电影情节里走出来，鸟谁理他呀。连大带小，几百只鸟，大概连这小店都没离开过，你提里约，它们不定怎么琢磨呢，在鸟眼里，这俩人就是俩疯子。

在土土大跳桑巴舞的时候，卖鸟的实在看不下去了，出来跟我说："给孩子买一只吧，你看孩子喜欢，你就别财迷了。"听这话我都想一起跳了，然后跟卖鸟的说："你送我们一对儿吧，我们多喜欢，你就别财迷了。"

土土选鸟是照动画片里选的。对我推荐的便宜鸟根本不屑一顾，最后，我们在满大街老头的瞩目下，拎着大铁笼子，里面装着两只刚出壳一个月的凤头鹦鹉。虽然年纪小，但个儿大，跟俩鸽子似的。

我们异常兴奋。满心都是回家怎么驯，让它们说人话，让它们演杂技，让它们招之即来挥之即去。甚至土土都遥想到学校再有才艺表演的时候，带鸟去。他抱着鸟笼子，满脸欢笑，跟我小时候似的。

到家，土土说不能让俩鹦鹉跟影片里的 BLUE 似的长了翅膀不会飞，我们第一堂训练课就是教它们飞。我觉得说得有道理。

土土打开笼子门说:"妈,你给它们演示一下。"我伸开双臂:"我翅膀没长毛。作为养母,我觉得自己很没用。咱就哄吧,准飞。"可鹦鹉根本不出屋,半闭着眼睛,打盹儿。生活态度怎么能这么不积极呢?

我伸手就给抓出来了,人家就站我手上,也不害怕。儿子说:"跑啊!"我就只能像放风筝似的,一边跑一边把手往上举。鹦鹉不定多后悔呢,跟这俩疯子回家了。

后来我们就把笼子打开了,也懒得理它们了,我们自己都折腾累了,鹦鹉无动于衷沉着冷静。转天上午,俩鸟不知道什么时候全出来了,自由自在地在花上一步一个跟头走来走去,深一脚浅一脚。一会儿吃土,一会儿嗑花叶子,还去另两只黄雀王一王二家串门,晃荡人家食罐和水盆,吓得那俩鸟在笼子里直扑腾。

又几个小时过去了。我忽然发现红脸巴跟个老母鸡似的半张着翅膀窝在花盆里。我把它拿起来放回笼子,居然它站不起来了,好像很痛苦,浑身直哆嗦。我问另一只鸟:"你们到底干吗了?"那鸟闷头吃饭。我再把红脸巴抓在手里检查,好像腿受伤了。赶紧给宠物医院打电话,那边声音很冷,问我鸟多少钱买的,让我再买一只,因为它们只给猫狗看病,看不了鸟。太欺负人了!

这时候正好一个朋友打电话说她认识一个人会给狮子大象看病,鸟肯定也行。我心话儿,这是一样的东西吗?但有病就得乱投医。

我拎鸟笼子就走,我妈把我拦住说:"问问多少钱,要好几千咱就不看了。"经我妈提醒,我揣了张信用卡。一路把车开得跟120似的。到医院,大夫还真有经验。虽然没查出到底怎么了,但人家说:"给它上夹板吧,十天以后再拆。你的鸟肚子疼,得给它吃点药。多晒太阳。"天啊,我太崇拜这大夫了,跟算命大仙儿似的。

一个中年妇女,傍晚时分,带着一只腿上带夹板的瘸鸟,包里还有两瓶消炎药。养母真不好当啊!

吃货需要练手

几个人跟神仙下凡一样，连招呼都没打，饭口前纷纷敲开我家的大铁门。我很冲动地站在门外，看着他们已经进屋的背影问："你们在这儿吃吗？"赵文雯说："我们是来做饭的。"听得我心里直哆嗦，说实话，我一点不怕吃饭的，大不了咱可以门口饭馆解决温饱，可做饭的，安什么心你就不知道了。而且他们前脚走，后脚把你厨房收拾得连瓶醋都找不着。

我像主子一样，跌坐在沙发里，跷着二郎腿，吩咐他们尽情厨房里洗劫吧。我们家就是他们的实习单位。

赵文雯说："做好吃的饭是我目前的理想。而理想就是内裤，必须有，但不能总给别人看。"听得我立刻没胃口了，赶紧附和："内裤可以没有，只要你自己习惯。理想更像胸罩，无论罩杯大小，都得戴着，不戴也行，你的人生会自然下垂，当然了，除非你天生平胸。"身上就那么点零碎儿，都让我们比喻完了。

为了实现众人的理想，我们开始进厨房一起祸祸。因为人来得有点多，厨房又不大，做饭的吃饭的分工明确。

当门又一次被砸开，鸡翅哥跟举着炸药包似的就进来了，胸口、胳肢窝那些汗，扛头猪都不该费这么大劲儿。他带来了大礼：黑山猪大肘子。看着那个被透明塑料布蒙着的生肉，我就犯恶心，坚决不看第二眼。我问，这是猪的哪儿？鸡翅哥张开双掌在自己腿肚子那儿比画。我用余光斜了一下，好么，他的腿可比猪的腿粗多了。

这时，阿绿从厨房钻出来，拍着肘子说："告诉你们，我们家公公就是吃肘子死的。晚上吃完，转天早晨就死了，血太稠了。"太会说话了！我打算把这肘子供起来，点炷香，磕仨头。

人虽然进厨房半天，但菜一个没端出来，里面的聊天声比外面还大。其余的人，驻扎在各个角落，有的下围棋，有的玩游戏，有的鼓捣微博，有的玩枪战。我则非常认真地在网上瞄冰糖肘子的做法，必须依靠人民的力量把它消灭了，要不吃不完就是我的心病，我受不了这截肢在我们家放着。

我对着电脑抄了做法，打门缝儿传进厨房。听见里面说："没见过猪跑还没吃过肘子吗？只要能熟就算胜利。"要求还真不高。

我们家没有高压锅，只好用多功能电饭锅，对于到底应该蒸多长时间大家起了争议，因为如果按网上的偏方，晚饭就要改夜宵，为了变废为宝尽快打扫战场，我们决定提前一小时起锅。但把那个冒着热气、肥肉外翻的残肢搭出来，我觉得我晚饭不用吃了。可身边的众人却啧啧称叹，估计都是一群没见过猪跑也没吃过肘子的人。

几个人在厨房抓着冰糖互相问"八十克是多少"，看来都没底儿。拼了！我抓了一把扔炒勺里了。

第一次做的肘子，历时两小时，还砸了我们家三个碗。

阿绿很兴奋，席间，一直说她死去的公公生前是多么爱吃肘子，以致最后一顿晚餐自己消灭了一个，当然，后果也是不堪的。我们面面相觑，不知道该不该动筷子。只有阿绿，拎了把西瓜刀，跟孙二娘似的，特别有经验地把一个肘子分离出一盘子肉。因为她知道我们家平时不怎么吃肉，留下就全浪费了，所以，极尽主人之周到，端着盘子开始派分，到盘子空了为止。

我们饭都吃得很少，专心致力于打扫肘子。因为已经在各自碗里了，往外推脱不合适，只能闷头吃了。晚宴结束，一个个的那叫一个饱。鸡翅哥自己揉着肚子深情地对阿绿说："我知道你公公是怎么死的了。"

那一场纯玩的风花雪月

我们的悦读会第一次从咖啡馆搬到了艺术馆,因为想尽善尽美,设计了钢琴和诗朗诵的环节。依然纯玩儿,所以大家偶尔用业余时间凑一起碰碰流程,一群老大不小的人怀揣一颗小清新的心。资助我们这次活动的西岸艺术馆的朋友说:"又不是春晚,想哪儿说哪儿就行。"这句话让我们踏实,反正也没人给我们投票,全是关门儿里自娱自乐。

我临时拉了个 DJ 朋友跟我一起主持,把悦读会的人写好的对话给他,我觉得上去你一句我一句照本宣科呗,又不是春晚。所有环节我都想到了,就把自己给忘了。好心的冯冬笋提前把我和主持人的串词做了一份手卡,八十来张,字儿倍儿大,眼神儿一般的一米开外都能看见。最要命的是,他把我们俩的词打一起了,分也分不开。因为我找的朋友是专业干这个的,所以他很大方地说,这些你都拿着吧,我不用词儿。我那个敬仰啊。

一百人坐得满满当当的,当我飘到台上,往下这么一看,觉得自己特别没着没落,我不由自主地就往台边上溜。当我把我的搭档请上台来,他刚开口,我就开始冒冷汗,因为他全是自由发挥,一句都没按我手里的词儿说,我也不知道什么时候我该接,只好他一停我就看他,他不张嘴我就接着说。

据后来阿绿说,我在开场后的十分钟,已经开始天上一脚地上一脚地不知所云了。在我嘴动脑子不动的时候,我的搭档突然顺着我的话请出了本是安排在最后出场的一位朋友上来朗诵。要不是因为我中午吃了点饭,当场就得倒在台上。

那位朋友特意从北京赶来的,是豆瓣网的媒体总监,北广科班出身,无论是站是念都非常专业。但我那时候脑子已经乱了,我茫然地望着台下,寻找我的同伴。因为我知道,无论PPT还是我们的配乐以及钢琴伴奏、画外音,全是有顺序的,大家各司其职。多米诺骨牌怎么打头儿就倒了一张呢?

在我看他们的时候,他们也在茫然地看着我,所有人都被定在原地。耳边多动听的声音都是空白。再上台的时候,我手里的话筒上全是汗,最要命的是因为冷汗太多,眼镜跟打滑梯似的从我鼻梁子上一次次地往下滑,弄得我站在舞台中间只能仰着头。这一瞬间,我发现脑袋上每侧四盏大灯,一共有十六

> 我吧，对吃最没感觉，我是那种饿三天都不待掉一两肉的主儿，光喝水不长分量就是万幸，哪还敢没事去品美食。我记得也不知道哪次吃饭，有个坐在我对过的人说：『咳，穷讲究嘛，到胃里不都给搅和到一块了吗？』后来，我吃什么都提不起精神，特障碍。而且我觉得，吃饭太耽误时间，我一般把菜饭折一块，呼噜呼噜五分钟就完事，比喂猪还利索。吃多讲究的都跟吃折箩一个味儿。所以，美食对我是浪费，总好像吃什么都不如我们家门口的大饼卷鸡蛋香。

> 现代人习惯挑战极限，勇气如同一个肺活量超强的人，鼓着腮帮子一个劲儿吹气球，试图拿丹田气把胶皮吹爆了。不知道有没有人吹气球吹成肺气肿的，也许那层薄薄的胶皮就是底线。你绷不住劲儿，没准儿还能被自己吐出的气一口咽在那儿。

盏大灯照着我。我对大灯有恐惧感，我刚入记者行的时候联手全国十几家强势媒体做了一个比较有轰动性的活动，当年中央电视台采访，让我介绍一下活动的整个过程，他们特有根据地觉得不用记者再提问了，让我自己坐一个大桌子前说，当时几盏大灯照着，跟刑讯逼供似的，说了十分钟的话流了一夏天的汗。

所以当我数清楚大灯的数量后，立刻所有的词儿全忘了。忽然想起有手卡，开始站那儿跟洗牌似的，但我发现，手卡上只有我跟主持人的串词，没提示该在什么地方说，也没悦读会的整体流程。而且我的手明显不够大，我拿着夹子，还有几张富余票别在里面，导读的书，手卡，话筒，后来还有一把抽奖的纸条儿，我都担心手一抓不住再掉一地。

我把心一横，把眼镜一推。一边磕磕巴巴白话儿一边提醒自己冷静，赶着节骨眼儿，外请的摄像师在台下冲我晃悠磁带。这是嘛意思呢？他见晃悠不管用，直接走台边上说："你先让嘉宾停会儿，我得换磁带。"那一刻，我也就是靠毅力还站在台上了。虽然我真没主持过这么正经而严肃的场面，也知道这不是春晚，但嘉宾正在回答读者问题的时候，作为主持人怎么能告诉人家，你先停，我们倒带子。婚礼摄像都不待这样的。

我没喊停，在我意识逐渐清晰起来的时候，所有的节奏终于回到我的控制里。大概因为我的紧张，传染给所有参加悦读会的朗读者了,我的战友站在台上,拿着话筒的手在抖,端着夹子的手在抖,最可贵的是,他们的声音平静而淡定。我们的小钢琴师,在这些大人紧张成一团的时候,镇定自若坐怀不乱,太可贵了。

冯冬笋说,当朗读的顺序打头儿一乱,他的冷汗就一直流。他负责主控台,整场活动他一个人控制灯光、音响、电脑播放,那其实是至少三个人的活儿。以至于最后我把原本给他的十分钟发言缩减到两分钟的时候,他跑到台上,思路清晰语气急促,话筒却一个劲儿地抖。美芽子在第一时间跟我说:"小柔,对不起,我实在太紧张了,没演绎好你的段子。"

其实,我在心里也一直跟我的战友们说着"对不起"。

但更多参加活动的人对我们说:"你们的读书活动太好了,邀请你们去我们那儿做悦读会。"

"对你们的坚持,我非常感动,你们的活动太精彩了!"

"我一定要加入你们的志愿者。"

"只要悦读会需要帮助,可以找我们公司。"

……

当我们终于完成了两小时的悦读会,阿绿说,很多年以后再回忆今天,我一定会哭。

跋

喝一口甜水儿

在手机里经常玩一个游戏,这边电风扇哗啦哗啦吹,你拿手指头划屏幕,往一个纸篓里扔纸团,扔进去就有人起哄似的鼓掌,扔歪了手机里就发出鬼一样的叹息声。有的时候觉得人是那么孤单,闷头跟手机游戏较劲。当纸篓里的垃圾越扔越多,你会很满足,抬起头得意地转转僵硬的脖子。而时光就像那些被你团得皱皱巴巴的纸,你一再想找准角度,用力一甩,准或者不准,光阴都已经被丢了一地。

有的时候感觉自己像被扔进了滚筒洗衣机里,被转得晕头转向,一会儿淋水,一会儿甩干,一会儿还满身肥皂沫子。可算耗到定时器丁的一响,你才能推开门自己往外爬。尽管身上也有股清洁剂的工业香精味儿,尽管最后也舒展着身体把自己挂在太阳底下,还是觉得清洗的过程那么撕心裂肺。

我们的生活大抵如此。

我更愿意相信能被说出来的苦，能被流出来的眼泪。我更愿意站在这些苦难与眼泪里说，其实一切都会过去，只要你不在乎，一切就会风平浪静。

这就跟发水痘一样，必须把身体里的内火都表出来才能重获健康。你不能急，不能挠，还不能嫌难看，就得耗够了时候，痂掉了，一切才恢复正常，才能平息。

所以，内心的愉悦是多么的重要。它像榨汁机最后沉淀的那几滴甜水儿，不解渴，但落在舌尖上是美味。我有一次笑着跟一个朋友说："想喝甜水儿吗？进榨汁机！"她对我摇摇头，我喝白水，生水都行，千万别搅拌。可是生活的漩涡全是暗流，大水怪一样，在你享受碧海蓝天的时候，人已经被拽进去了。

喝一口甜水儿，对自己笑笑。

下午收到了一个单薄的快递，还是让我去小区外面自己取的。我边走边撕开硬纸夹子，动作恶狠狠的，因为上面有透明胶带，所以挺费劲。

我把书打里面掏出来，大红的封面，在下午三点的阳光下有点刺眼。书的腰封上有个女孩，还戴着墨镜。书的封面有点电影片头的意思，不用翻，就能推测出是一本怀旧的书。作者退回光阴捯摸自己青春，有忧伤有绝望有伤害有美丽有幸福有爱。所有人的青春都一样，落在时光里的，尽管主人公不一样故事不一样，但用来修饰和概括的词，肯定一样。

我随手把书扔在一堆书上面，这是它今天的待遇。

直到晚上，因为这大红的封面实在刺眼，拿起来，跟洗牌一样随意地翻翻，哗啦哗啦的纸声。抽奖一样，停下，然后看这书页上面印的字。一个老套的爱情故事。

太过年轻时的爱情，就如同水蜜桃，稍微放几天就要变质，轻轻拿指甲一划就会破皮，就算轻拿轻放，也还是要沾一手的桃毛。

年轻时，怎么相爱，都皱巴。

书里写了一段，作者大概是情绪不好了，经常在郁闷的夜晚，一个人开着红色的二手吉普给自己定一个方向，或去八达岭或去香山，反正都是大半夜到，挺吓人的地方。到了之后，她会把座椅推到最后一个档，然后把椅子的角度往躺下调，两条腿架在方向盘上，音响的音量拧大，再给自己点上一根烟吸。以这样一种浑不吝的姿势仰望星空。

当然，人家的文字描绘得比我陈述的美八百倍，并且充分展示了青春的无畏和浪漫。

我看得有些忧伤。

同时也在记忆里倒叙，并且光捡那些零散的，在青春里被扔得哪儿哪儿都是的情怀。我到现在也分辨不清，那些情怀对于我到底是不是真实的。有时候，我认为自己是东施效颦，被那些文艺青年带的，如果不这么忧伤，就显得不文艺了。我始终认为，忧伤是文艺范儿。可还有时候，我觉得真实的自己就是忧郁的。

青春，在一遍又一遍文艺作品的暗示下，我忘了自己当年的模样。

我没有过长发飞扬的日子，我打小就梳俩小辫，可以长发飘飘的时候，我剪了短发，跟女兵似的那么利索。主要我还戴眼镜，尽管度数一点都不高，摘了跟戴着看东西的清晰度差不多。我还是打初二时开始戴，一直戴到今天，度数恒定。一如我始终无法改变的个性。

青春后遗症。

后遗症很长，以至到现在，别人问起年龄我都会很忐忑，我在内心里反问"怎么那么多年都过去了"，我站在中年的边儿上，青春已遥不可及。

段子里是我一年中度过的小时光。在跟青春挥手告别后的很多年里，这些片段记录着生活里许多灵光一现的惬意。就像扔纸团一样，看见逐渐撑满的收纳桶我还挺满足，那些纸团上都是故事。没准儿打开的一瞬间，还能看见你的呢。

我喜欢爱笑的人，因为我自己就爱笑，不是有人说吗，笑容是人与人之间最近的距离。我们就靠这个表情，一头扎进人堆儿，彼此相认，彼此接近。我觉得，特别幸福。

在这一年中，一些爱书的人走到了一起，有了王小柔悦读会。几个人凑在一起无比欢乐，特别像童年蹲在墙根儿玩摔泥的人，不惜力气，跟泥巴玩儿命，还高兴得乐此不疲，飞溅满身满脸的都是喜悦。一群爱书爱到痴狂的人，总恨不能把好书推荐给更多的人，跟他们在一起，仿佛又回到了学生时代。

在时光中穿越。零星弯腰拾起的珠玑是匆忙行走时掉落的，段子日子妖蛾子，拼凑出一段长长的来路。我不停地回头，再转身向前。

谢谢你的陪伴。那一路的笑容，是最坚定的跟随，我的眼里，只有灿烂。